KB154819

꽃보다 엄마

꽃보다 엄마

김정미 지음

꿈의지도

"작가님, 요즘 어떻게 지내세요?

여행 못 가는데 괜찮으세요?"

사람들이 안부를 물을 만큼 나는 어디론가 여행 떠나는 걸 좋아한다. 익숙한 나라든, 낯선 나라든 상관없이 여행은 내 삶의 원동력이었다.

그런 내 인생에서 여행이 사라졌다.

누구를 만나는 것조차 멈칫하게 되는 날들.

평범한 일상이 완전히 멈춘 요즘,

엄마와 떠났던 여행의 추억이 애틋하게 떠오르기 시작했다.

엄마가 암 선고를 받던 날, 나는 딸이 아닌 보호자가 되었다.

'엄마'라는 위치가 얼마나 큰 자리였는지 새삼 깨달았던 시간들이었다.

내가 자란 만큼 엄마는 나이 들어가고 있었다.

딸들은 늘 후회하며 살아간다.

바쁘다는 핑계로 전화 끊지 말고 무슨 일이냐고 물어볼걸.

똑같은 얘기를 몇 번씩 해도 짜증 내지 말고 그냥 들어줄걸.

스마트폰 사용법을 몰라 쩔쩔매는 엄마를 보며 한숨 쉬지 말고 차근차근 알려줄걸.

엄마가 예전처럼 빨리 따라오지 못하더라도 조급해하지 말고 기다려줄걸.

딸이 가장 좋아하는 것, 그것을 엄마와 함께했더니 엄마가 다시 빛나기 시작했다.

환갑에 암 수술을 한 엄마를 위해 일 년 늦은 환갑 여행을 계획했다. 그리 어려운 일도 아니었다.

마음만 먹으면 되는 것이었다.

아무리 힘들고 고생스럽더라도 가장 가까운 사람과 함께한 여행은 그마저도 소중하다는 것을.

엄마가 내 곁에 있을 때 무엇이라도 함께할 수 있어서 다행이었다.

엄마 덕분에 우리의 여행이 특별해질 수 있었으니 그것으로 충분하다.

이 책이 '엄마와 함께 떠나고 싶은' 이들에게는 용기가 되고 엄마를 그리워하는 딸과 딸을 사랑하는 엄마에게는 대화의 시작이 될 수 있었으면 좋겠다.

지금은 잠시 발이 묶여 있더라도 여러분들도 부디 엄마와의 여행을 꼭 이루길.
더는 후회하지 말고 엄마가 옆에 계실 때 실현하길.
마스크를 벗을 수 있는 그날 "엄마, 나랑 같이 여행 갈래요?" 라고 말해볼 수 있기를!
그때가 바로 여행이 시작되는 순간일 테니.

엄마와 함께하는 여행의 순간은 엄마뿐만 아니라 딸을 위한 여행도 될 것이다.
여러분들이 〈꽃보다 엄마〉의 주인공이 될 수 있도록 언제나 진심을 다해 응원하겠습니다.

김정미

어느 날 큰딸이 전화가 왔다.

하고 있던 프로그램이 곧 끝나니까 같이 유럽 여행 가자고.

듣던 중 반가운 소리다.

"정말이지? 3월에 병원에 검진 가서 장거리 비행기 타도

되냐고 물어봐서 된다면 가자."

폐 기능 회복 속도가 빨라서 다녀와도 좋다는 교수님 대답.

오~예! 나도 이제 유럽 여행 간다.

매일 TV에서 보거나 이미 여행 갔다 온 다른 아줌마들

말만 들으면서 마냥 부러웠던 일이 나에게도 찾아오다니….

세상은 진짜 공평한가?

시련이 있으면 행복도 있나 보다.

옛말에 아들 낳으면 배를 타고

딸 낳으면 비행기 탄다는 말이 있다.

내가 우리 큰딸 덕에 유럽 여행이라니.

이게 무슨 횡재람 ….

contents

2부

4부

1부

아빠가
떠났다

그날도 그랬다. 평범한 날이었다.

9월의 어느 목요일 오후. 스물셋, 대학 졸업 후 방송작가를 꿈꾸며 아카데미에 다니고 있을 때였다.

집으로 전화했더니 남동생이 받았다.

"엄마는?"

"큰누나, 엄마 아빠랑 병원 갔어."

"왜?"

"몰라. 아빠 아프대."

남동생과 통화를 끊고 그냥 기분이 이상했다. 다음날 수업이 하나 있긴 했지만 그런 건 아무래도 상관없었다. 바로 출발할 수 있는 비행기를 예매하고 서둘러 제주도로 향했다.

내가 연락하지 않고 몰래 제주도에 내려갈 때마다 공항에서 근무했던 아빠는 매번 신기하게 내가 타고 간 비행기 앞으로 마중을 나와 계시곤 했다.

그런 아빠가 그날은 없었다. 집에도 아빠는 없었다. 서울에서 딸이 예고 없이 들이닥쳤는데도 엄마는 놀라지 않았다. 그보다 더 큰일이 기다리고 있었으니까.

엄마가 덤덤히 말씀하셨다. 며칠 전, 아빠가 새벽 출근을 마치고 유난히 피곤한 얼굴로 집에 오셨다고 했다. 저녁도 거른 채 누워서 쉬다가 갑자기 화장실에 가서 피를 토했다고…. 급히 연차 쓰고 병원에 갔는데 당장 입원해야 한다고 해서 지금 중환자실에 있다는 것이었다.

"피를 토했으면 많이 아픈 거겠지? 근데 아빠가 평소에 아픈 데 있었나?"

"아무래도 엄마가 생각하기엔 간암인 것 같아. 예감이 그래. 아빠가 간수치도 좀 높았고…. B형 간염 보균자면 술 담배 이런 것도 조심해야 되는데 언제 아빠가 엄마 말을 들었니. 요즘

부쩍 회사 때문에 스트레스도 심했으니까."

"만약 간암이면… 수술을 해야 할까? 혹시나 이식이 필요하다고 하면 내 간 떼서 아빠 줄게!"

백프로 진심이었다. 당연하지! 아빠 딸인데.

다음날, 병원에서 마주한 의사와 엄마는 마치 드라마의 한 장면처럼 어느 하나 어색한 게 없었다.

"간암입니다."

"수술할 정도인가요? 항암치료를 해야 할지…."

"말기입니다. 암세포가 간 전체에 퍼져 있어서 수술이 불가능합니다."

"그럼, 몇… 개월, 몇 개월 남았나요?"

"짧으면 두 달, 길어야 8개월입니다."

여기까지 컷. 뻔한 드라마의 비극적 사건을 암시하는 클리셰다. 그러나 이 드라마의 출연 배우가 내 엄마와 아빠라면 이야기가 달라진다. 진부하지도 뻔하지도 않았다. 황당하고 그저 거짓말 같을 뿐.

엄마 뒤에 서 있으면서 '와! 드라마랑 똑같다'라는 생각이 먼저 들 만큼 우리 가족에게 닥친 일이라고는 믿기지 않았다.

아빠가 암에 걸렸다는 사실을 받아들이기까지는 다소 오랜 시간이 걸렸다. 의사를 만나기 전, 수술하면 낫는다거나 힘내서 항암치료 해보자는 식의 말을 기대했다. 다른 선택지는 전혀 고려의 대상이 아니었다. 사형선고. 암을 예상하며 마음의 준비를 하고 왔어도 미처 거기까지는 생각지 못했다. 아빠의 남은 생이 겨우 몇 달일 수도 있다는 것을.

그런데 신기한 건 의사의 말을 듣고 있던 엄마의 모습이었다. 무너질 것 같았던 엄마는 알겠노라고 덤덤히 말하고는 의자에서 일어나 밖으로 천천히 걸어 나왔다. 오히려 엄마 옆에 멀뚱히 서 있던 내 표정이 그 순간 더 기괴했으리라.

이 사실을 아빠에게 어떻게 설명하면 좋을지도 숙제였다. 간이 좀 안 좋은데 서울 큰 병원으로 가서 다시 검사해야 한다는 정도로 아빠에게 말했다. 그 정도 선이 엄마와 내가 말할 수 있는 최선의 합의였다.

오진은 아니겠지. 스물셋 취준생이었던 내가 도움을 청할 데라곤 아무 데도 없었다. 그래, 서울 큰 병원은 다를 수 있으니까. 서둘러 서울에 있는 한 대학병원을 찾았다. 실낱같은 희망으로 기다렸지만 결과는, 똑같았다.

중환자실에서 신문을 보면서도 아빠는 매일 회사 걱정뿐이었다. 병의 위중함을 알지 못했던 아빠는 중환자도 아닌데 왜 이곳에 있어야 하는지 모르겠다며 답답해했다. 한 달 전, 일주일 전, 아니 불과 사흘 전만 해도 회사에 출근하며 평범한 일상을 살았던 아빠였다. 어쩌다 피를 한 번 토한 것뿐이고 아픈 증상도 없었으니 그럴 만도 했다.

그러다 얼마 뒤, 결국 아빠는 자신의 건강 상태를 알아차렸다. 엄마가 잠든 새벽, 병실에서 나와 손목 팔찌에 적힌 환자 번호를 검색해 그동안 검사했던 CT 사진을 보셨던 모양이다.

"나 간암이래? 검사지 보니까 간에 뭐가 군데군데 있더라."

아빠는 입원과 퇴원을 반복하며 항암치료를 해나갔다. 제주도에서 서울까지 오가기를 수차례. 봄이 오기도 전에, 길면 8개월이라고 했던 그 시간을 다 채우지도 못하고 아빠가 떠났다.

막내 남동생이 겨우 중학생 때 일이었다.

엄마가
밥은 차려 주크라

아빠 장례식이 끝나고 일주일 만에 KBS 한 프로그램의 막내작가 자리에 지원했다. 상 치른 지 고작 일주일밖에 안 됐는데 무슨 면접이냐, 미친 거 아니냐 하는 사람도 있겠지만 그렇다고 면접을 포기하는 것 역시 나에겐 미친 짓이었다. 언제 또 다시 올지 모르는 기회였다. 제주도에 계속 머물렀어도 딱히 내가 할 수 있는 일은 없었다. 도망치듯 제주도에서 올라와 면접을 봤고 그 프로그램의 막내작가 자리는 내 자리가 되었다.

면접이 끝난 후 '내일부터 출근하세요'라는 결과를 들었을 때 나는 조심스레 말했었다.

"죄송한데, 모레부터 출근해도 될까요? 지난주 아빠가 돌아가셨는데 서류상 처리할 일이 남아서요."

처음 본 나를 안아주던 사수 언니의 얼굴이 지금도 기억난다.

나는 KBS 6층 예능국에 가장 먼저 출근해서 제일 늦게 퇴근하는 막내작가로 유명했다. 내가 바라던 일을 하게 된 사실만으로 너무 좋아서 바빠도 행복했다.

방송작가라면 누구나 공감하는, 전화 통화할 때만 나오는 목소리가 있다.

"아아, 도레미파 솔~ 여보세요. 안녕하세요, 어머니. 저 김정미 작가인데요."

간 쓸개까지 빼줄 것 같은 과한 친절함이 묻어나는, 그렇지만 오글거리지는 않는 딱 그런 목소리. 누구나 자신만의 영업용(?) 톤이 있다.

하필이면 엄마가 옆에 있을 때 미리 섭외된 출연자에게 전화해야 하는 일이 생겼다.

내가 전화를 끊자마자 엄마가 말했다.

"난 너 목소리 돌고랜 줄 알안(알았어)."

"일하는 중이잖아."

"다른 엄마한테는 엄청 상냥한 목소리로 통화하면서 엄마랑 통화할 땐 뭐랜 하기만 하고. 너 한번이라도 엄마한테 그렇게 말해본 적 이서(있어)?"

"아아, 도레미파 솔~ 솔~ 솔로 말하면 돼. 어머니~ 저쪽으로 같이 가시겠어요?"

"그게 뭐야. 아하하하하."

"거봐. 웃기지? 그냥 내가 이렇게 돈을 버는구나 생각해."

대부분의 방송작가들은 월급이 아닌 주급을 받는다. 프로그램 한 회당 돈이 들어오기 때문에 한 회라도 방송이 결방되면 내 월급의 1/4이 사라지는 식이다. 나라에 큰일이 생기거나 중요한 스포츠 경기의 중계가 있을 때면 아주 가끔 결방이 되는데 그때도 마찬가지다. 결방되면 돈을 받지 못했다. 들쑥날쑥한 수입과 고용 불안에 시달리는 방송작가. 그것도 온갖 궂은일을 도맡아 해야 하는 막내작가였지만, 엄마는 항상 나와 내가 선택한 이 직업을 열렬히 응원해주었다.

가끔 카드값이 너무 많이 나왔다고 철없이 징징거리면 슬쩍 용돈을 보내주기도 하셨다. 내일 당장 백수가 되어도 이상하

지 않은 프리랜서 작가인 딸에게 엄마는 유일하게 비빌 언덕이
었고, 버팀목이었다.

막내작가 하면서 힘들었을 때, 딱 한 번 엄마한테 울면서
전화한 적이 있었다. 어떤 선배의 괴롭힘(이라고 쓰고 '내가 부
족한 탓'이라고 읽길 바라며)에 참다 참다 터진 날이었다. 내
인사는 받지도 않고 투명인간 취급하다가 다른 피디 작가가
오면 아무렇지 않게 말 걸어주던 선배의 치사한 짓에 지쳐있었
다. 지금 생각해보면 별것도 아닌 일이었다. 무시해버리면 그
만이었던 것을 그날은 그게 뭐라고 서러움이 북받쳤다.
    엄마 목소리를 듣자마자 눈물부터 쏟아졌다.
    "엄마, 나 못 하겠어."
    엄마는 놀라지도, 화내지도 않고 차분히 말했다.
    "그냥 제주도 내려와. 엄마가 밥은 차려주크라(차려줄 테
니). 쉬면서 다른 일 찾아보면 되지게. 어떵 안 해(괜찮아)."

밥은 차려주겠다는 엄마의 말 한마디에 안심이 됐다. 언제
든 아무 때나 달려가도 밥을 차려줄 엄마가 그곳에 있다는 것.

다 때려치우고 그만둬도 돌아갈 곳이 있다고 생각하니 마음이 편해졌다. 엄마는 누구의 잘못인지도 묻지 않았다. 어리고 부족했던 딸을 혼내지 않고 언젠가 스스로 깨닫길 바라며 기다려줬던 것 같다. 눈물 콧물 짜며 엄마한테 한바탕 쏟아내고 나니 마음이 조금 후련해졌다. 이날 이후 나는 무조건 버텼다. 더 잘했고 더 웃었고 더 열심히 했다. 그랬더니 조금씩 인정받기 시작했다.

내가 울면서 전화했던 날, 엄마는 잠 한숨 못 자고 밤을 지새웠다고 했다. 그동안 한 번도 힘들다 말한 적 없었던 딸이 그토록 원하던 방송국에 취업했는데 일이 아니라 사람 한 명 때문에 힘들다 하니 당장이라도 서울 가서 나를 데려오고 싶은 심정이었다고 하셨다.

엄마는 십 년이나 지난 지금도 가끔 그 선배 이름을 말하곤 한다.

"너한테 뭐랜 하던 아이 요즘도 연락 오맨(와)?"

고해주 씨 큰딸은
방송작가입니다

어느 날, 여동생이 갑자기 물었다.

"언니, 혹시 가요무대 티켓 구할 수 있어? 엄마가 방송국 구경 한번 가보고 싶다고 은근슬쩍 말하던데?"

"근데 왜 하필 가요무대야?"

"엄마, 가요무대 좋아해. 매주 월요일마다 시간 맞춰 볼걸?"

딸내미가 하는 방송은 안 봐도 가요무대는 본다니! 마침 KBS에서 일하고 있을 때였고 당시만 해도 담당 제작진에게 부탁한다면 좌석 한 자리 정도야 빼줄 수도 있었을 것이다. 그런데도 나는 어색한 미소를 지으며 주저했다. 아쉬운 소리 하기가 불편했다.

이런 딸의 성격을 알았는지, 내가 작가로 일하는 동안 엄마는 단 한 번도 사인을 부탁해본 적이 없었다. 내가 기념 삼아 엄마 이름으로 사인을 받아줬을 때도 엄마는 딱히 좋은 내색조차 하지 않았다.

"엄마는 왜 나한테 연예인 사인 받아 달라고 안 해?"

"너 귀찮을까 봐. 너도 사인 받잰 하면(받으려면) 누구한테 부탁해야 되는 거 아니(아니야)? 일도 많을 건디 엄만 필요 어서(필요 없어). 신경 쓰지 마."

미처 생각하지 못한 이유였다. 그저 방송이나 연예인에 관심이 없나 보다 생각했다. 딸을 귀찮게 하고 싶지 않다는 엄마의 배려에 마음이 찌릿했다. 연예인 사인 받아서 여기저기 자랑도 하고 싶으셨을 텐데….

미적대던 나 때문에 결국 가요무대 티켓은 여동생이 홈페이지에 사연을 적어 직접 신청했다. 그리고 무려 한 번에 당첨돼서 여동생은 엄마를 모시고 가요무대 방청을 다녀왔다(아마도 방청객 중 동생이 가장 어리지 않았을까?). 덕분에 그날 엄마는 세상 행복한 표정을 지으며 집으로 돌아왔다.

꽃보다 엄마 _ 1부

〈꽃보다 할배〉 촬영을 마무리하고 모두가 선생님들과 사진을 찍을 때였다. 나도 슬그머니 마지막에 서서 사진을 찍은 적이 있었다. 엄마랑 통화하며 무심코 사진 찍은 얘기를 했더니 사진을 보내 달라고 했다.

"사진은 왜?"

"아니, 그냥. 너 잘 나왔나 궁금해서."

뒤늦게 전해들은 얘기로는 동네 사람 중 한 분이 진짜 딸이 서울에서 방송작가 하고 있냐고 물어봤단다. 딸의 직업을 무엇으로 증명할 수 있을까. 아마도 엄마는 증거가 될 만한 무언가가 필요했겠지.

다행스럽게도, 내가 참여한 〈꽃보다 할배〉 시리즈는 방송되자마자 소위 말해 대박이 났다.

엄마는 방송을 보다가 간혹 스치듯 내가 나올 때면 놓치지 않고 찾아냈다. 출연자 저 멀리 개미만큼 작은 크기로 나올지라도, 내 얼굴이 반의반 쪽밖에 나오지 않았더라도 말이다.

"너 오늘 TV 나오던데? 백일섭 선생님하고 얘기하는 거 봔(봤어)."

"어차피 스쳐 지나가서 아무도 몰라. 그걸 알아본 엄마가 대단하다.”

군이 사진이 아니더라도 엄마 딸의 직업을 방송에서 확인할 수 있었으니 다행이었다.

엄마랑 같이 길을 걷다 아는 분들을 만나면 항상 같은 질문을 받곤 한다.

“해주 씨 딸 마씸(딸인가 보네)? 엄마랑 닮았수다예. 딸은 뭐하맨(뭐해)?”

왜 남의 딸 직업을 궁금해할까. 불편한 호구조사에 괜히 심통이 나서 ‘백수입니다’ 이렇게 말하고 싶었지만 그냥 웃으며 넘겨 왔었다. 그런데 앞으로는 그러지 말아야겠다. 나는 엄마의 자랑스러운(왜 때문에 ‘방송작가’라고 하면 대단하다 여겨주시는지는 모르겠지만) 딸이니까.

“안녕하세요. 제가 고해주 씨의 큰딸이고요. 직업은 방송작가입니다.”

엄마가
사라졌다

"너 혹시 오늘 엄마랑 통화했어?"

"아니. 나도 아까 전화했었는데 안 받던데? 언니 왜?"

"혹시라도 엄마랑 연락되면 알려줘. 퇴근할 때까지 연락 안 되면 저녁에 제주도 내려가 보려고."

그날따라 기분이 이상했다.

아빠가 떠난 지 일 년, 제주도를 떠나 나는 서울에서 여동생은 지방에서 대학 생활을 하고 있을 때였다. 하필이면 남동생도 고등학생이 되어 기숙사에 들어가 있을 때라 집에는 엄마 혼자 계셨다. 아빠도, 자식들도 갑자기 모두 떠나버린 빈집. 우리는 늘 엄마가 걱정되었다. 식사는 잘 챙겨 먹고 있는지, 며칠 전화 목소리만 조금 안 좋아도 신경이 쓰였다. 나와 여동생이 매일 교대로 엄마와 통화하곤 했는데 이날만큼은 동생도 나도 엄마와 통화를 하지 못했다.

출근할 때 한 번, 점심 때 두 번, 오후가 돼서는 여러 번 엄마에게 전화를 했지만 받지 않았다. 찜질방이나 성당에 갔을 때 간혹 안 받은 적은 있었지만 이렇게 온종일 연락이 두절된 건 처음이었다.

출근은 했어도 도무지 일이 손에 잡히지 않았다. 오늘따라 회의는 왜 이렇게 오래 하는지 이미 저녁 시간을 훌쩍 넘기고 있었다. 혹시나, 정말 혹시나 하는 마음에 오만가지 불안한 생각이 들어 제주도에 사는 이모에게 도움을 요청했다.

"이모, 엄마가 연락이 안 돼요. 엄마 좀 찾아봐주세요."

천천히 자초지종을 설명하려고 했지만 눈물부터 나왔다. 갑작스러운 조카의 전화에 놀란 이모는 걱정 말라 하시며 지금 당장 집에 가본다고 하셨다.

집에 일이 생겨서 일찍 퇴근하겠다는 말은 언감생심 꺼낼 수 없었던 막내작가 2년 차. 더구나 진짜 일이 생긴 건지 아직 확실하지도 않았다. 엄마가 연락 안 된다고 쪼르르 집에 가겠다는 건 어느 회사건 말도 안 되는 일이었다. 미친 척하고 당장 집에 가보겠노라 말해도 이미 제주행 마지막 비행기를 타기에는 빠듯한 시간이었다.

별의별 생각을 다 하고 있을 때쯤 이모에게 전화가 왔다. 집에 가봤더니 아무도 없다고. 불도 꺼져 있고 문도 잠겨 있고 엄마는 없다고. 그래도 너무 걱정하지 말고 기다려보라 하셨다.

엄마가 사라졌다. 집에도 없다니…. 손 놓고 기다리고 있을 수밖에 없다는 게 더 답답한 노릇이었다.

'혼나더라도 아까 그냥 집에 간다고 말해볼걸. 집에 없다면 이 시간까지 갈 데가 어디 있지?'

친척 집에 제사가 있거나 집안 대소사가 있는 날도 아니었다.

여동생과 함께 다음날 아침 첫 비행기를 타고 집에 내려가보기로 할 때쯤 전화벨이 울렸다.

"여, 여보세요?"

"무슨 일 이서(있어)? 무사 영 하영 전화 핸(왜 이렇게 여러 번 전화했어)?"

엄마였다. 우리 엄마 목소리가 맞았다. 엄마의 목소리를 확인한 순간 속사포를 쏘아대기 시작했다.

"엄마, 전화는 왜 안 받아! 종일 연락도 안 되고. 대체 어디서 뭐 했어?"

차마 '죽은 줄 알았잖아' 같은 말은 할 수 없었다. 정말 그랬을까 봐, 혹여나 정말 우리만 남기고 나쁜 생각을 했을까 봐 놀랐다는 말은 하지 못 했다.

"10시까지 연락 안 되면 실종신고 하려고 했었어! 핸드폰은 무슨 장식품이야? 그럴 거면 왜 가지고 다니는데? 뭐 하느라 전화도 안 받은 거야?"

엄마는 내 애타는 목소리와는 정반대로 아무렇지 않게 대답했다.

"은승이 엄마한테 전화 와신디(왔는데) 혼자 집에 우두커니 이시민(있으면) 우울증 온댄 같이 바람 쐬러 가자고 해서 갔다완(왔어). 핸드폰은 가방에 놔부난(놔둬서) 못 받안(못 받았어). 영 전화 온줄 몰란(몰랐네). 미안."

"이모한테도 전화해. 아까 내 전화 받고 우리 집에 왔으니까. 그러게 엄마는!"

그날 이후 나는 하루에 한 번 이상 엄마와 통화하는 사이가 되었다. 애틋할 것 하나 없이 그저 시시콜콜하게 시답잖은 얘기나 나누는 통화지만, 서로의 무사함을 확인해야 안심이 되었다. 아빠의 부재가 엄마와 나를 더욱 단단히 묶어주는 것 같았다.

나이가 들수록 문득문득 엄마의 삶을 들여다보게 된다. 너무나 갑자기 남편을 떠나보내고 혼자 세 명의 자식들을 건사하며 살아온 엄마. 엄마가 그 힘든 시기를 어떻게 버텼는지 궁금해졌다. 혹여 나쁜 생각이 들 만큼 힘들진 않았느냐고, 주저앉고 싶은 순간은 없었느냐고, 아빠가 보고 싶은 적은 없었느냐고. 그 시절로 돌아갈 수 있다면 엄마의 마음까지 보듬어줄 수 있는 딸이 돼주었을 텐데. 나도 그땐 어렸다는 핑계를 대본다.

가족사진

"아빠! 우리도 가족사진 한 번 찍자."

대학생이던 나는 방학이 되자마자 제주도로 내려와 아빠 앞에서 가족사진 타령을 했다.

"우리 놀러 가서 찍은 사진들만 있고 제대로 된 가족사진이 없잖아. 아빠는 양복 입고 송미랑 범수는 교복 입고. 어때?"

"굳이 사진관 가그냉(가서) 찍을 필요가 이신가(있을까)? 생각 좀 해보게."

"집에 가족사진 하나쯤은 있어야지."

혹여 사진관에서 찍는 게 비싸서 안 찍는다고 할까 봐 나는 가방에 숨겨둔 봉투를 꺼내며 쐐기를 박았다.

"자! 사진은 내가 알바비 받은 걸로 쏠게. 그럼 찍는 거지?

나 예약한다?!"

나는 호프집에서 아르바이트하며 모은 돈을 기꺼이 가족사진을 위해 내놓았다. 아빠의 오케이 명령이 떨어지자마자 부랴부랴 동네 사진관에 전화해서 날짜를 잡았다.

그런데 가족사진을 찍기로 한 날, 할머니가 돌아가셨다. 가족사진은 기약 없이 미루어지고 말았다. 이후에도 몇 번의 기회가 있었으나 번번이 놓쳤고, 그 사이 아빠는 돌아가셨다. 그렇게 우리 다섯 식구의 가족사진은 영영 찍을 수 없게 되었다.

"언니, 우리 가족사진 찍을까? 내가 예약할게."

몇 년 뒤, 여동생이 말했다. 남동생이 고등학교 졸업을 앞두고 있던 어느 겨울날이었다.

"갑자기?"

잊고 있었다. 그동안 넷이서 함께 사진 찍어본 적이 없었음을. 하물며 가족사진이라니….

아빠 없이 가족사진을 찍는 건 생각지도 못했다. 여동생은 우리에게 소소한 추억을 만들어주고 싶어 했다.

"범수도 졸업하고, 집에 가족사진 한 장은 걸려 있어야 할 것 같아서. 우리 예전에 찍으려고 하다가 못 찍었잖아."

여동생의 한마디에 엄마와 남동생이 가족사진을 찍기 위해
서울까지 올라왔다. 나는 처음 찍는 가족사진을 위해 네 명이
맞춰 입을 티셔츠를 준비했다.

"짠! 내가 똑같은 티셔츠 사왔지롱. 기본으로 찍고 나서 옷
가져오면 캐주얼 콘셉트로도 찍어준다고 해서. 어때? 색깔 마
음에 들어?"

"근데 큰누나, 이거 반팔 아니야?"

"그냥 입어. 네 벌이나 사야 되는데 긴팔은 비싸잖아."

그렇게 눈 내리는 겨울에 반팔 티셔츠를 입고 가족사진을
찍었다. 어차피 실내에서 찍을 텐데 반팔이 대수랴.

"여기 보세요. 하나 둘 셋!"

아빠가 떠난 뒤 처음이었다. 넷이서 실컷 웃으며 사진을 찍
은 게. 처음엔 어색해하던 엄마도 어느덧 미소를 띠기 시작했
다. 찍는 내내 스튜디오에는 웃음이 넘쳤다.

아빠가 떠나고 난 후에야 비로소 찍게 된 가족사진. 미뤄놨
던 숙제를 완성한 것처럼 후련했고, 동시에 먹먹했다. 이 가족
사진 한 장 찍기까지 너무 오랜 시간이 걸리고 말았다.

한 집에 암 환자 두 명은
너무한 거 아니오!

엄마까지 암 환자가 될 줄은 정말 몰랐다. 감기 한 번 안 걸리던 엄마였으니까. 아빠가 간암으로 떠난 지 9년 만이었다.

매년 2월에 행사처럼 치르는 건강검진을 앞두고 엄마는 갑자기 암 정밀검진을 해보고 싶다고 하셨다. 평소 같으면 돈 아깝다고 마다했을 엄마가 먼저 정밀검사를 받아보고 싶다고 하니 조금 의아했다. 그래도 무조건 오케이를 외쳤다. 아빠를 너무 일찍 떠나보낸 경험이 있는지라, 엄마의 건강검진에 소홀하고 싶지 않았다.

"가장 좋은 걸로 꼼꼼하게 다 받아보자."

그리하여, 무려 160만 원어치 검사를 받았고 결과는 '이상

소견이 있으니 해당 진료과로 방문하세요.'

아빠가 입원했던 대학병원에 다시 가고 말았다. 병원 건물만 봐도 눈물이 찔끔 나와서 그동안 이 앞을 일부러 피해 다녔건만 내 발로 다시 찾아올 줄이야.

호흡기내과 교수는 모니터를 보며 천천히 설명해주었다. 좌측 폐 상단에 혹이 있다고. 조직검사가 어려운 위치라 놔두면 앞으로 안 좋아질 수 있으니 양성이든 악성이든 바로 수술하는 게 좋겠다고 했다. 1.4cm의 작지만 큰 혹은 90% 이상 양성으로 보이지만 10% 미만에 해당하게 되면 그건 암이라고. 수술 시간은 양성일 경우 그야말로 혹 떼는 수술이므로 회복까지 약 3시간 정도 걸린다고 말했다. 그러나 만약 악성일 경우에는 4시간 이상 소요될 수 있다고도 덧붙였다.

'2cm도 안 되는 혹 떼는 수술에 전신마취라니…'

불안감이 몰려왔다. 그러나 나는 엄마의 보호자였다. 한숨 자고 일어나면 끝나 있을 거라고 별거 아닌 듯 엄마를 위로했다. 흔한 쌍꺼풀 수술조차 안 해본 나의 서툰 위로였다.

엄마는 삼남매 출산 이후 처음으로 병원에 '입원'이라는 것을 하게 되었다. 양성인지 악성인지도 모르는 폐 수술을 앞두고도 엄마는 태연했다. 수술 전날까지도 병동 휴게실에 앉아 주말 드라마 재방송을 보며 처음 본 옆자리 환자와 이러쿵저러쿵 대화를 나누었다. 걱정하느라 잠도 못 자는 것보다는 차라리 이게 낫다는 생각이 들었다.

다음날, 내가 잠시 여동생과 교대하고 옷 갈아입으러 집에 간 사이에 오후로 예정되어 있던 수술 시간이 갑자기 변경되었다.

'언니, 엄마 지금 수술 준비한대.'

여동생의 연락을 받고 부랴부랴 병원으로 뛰어갔지만 내가 도착했을 때는 이미 엄마가 수술실로 들어간 뒤였다. 드라마에서처럼 수술실 앞에 서서 '잘 될 거야. 힘내!'라고 말하며 엄마 손이라도 잡아주고 수술실 안으로 들여보내고 싶었으나, 그런 말 한마디 나눌 기회조차 없었다.

길고 지루한 시간이 흘렀다. 입술이 바짝바짝 타들어갈 때쯤, 엄마의 수술이 무사히 끝나 회복실로 이동한다는 안내 문자가 도착했다. 수술이 시작된다는 연락을 받은 후로부터 애매하게 3시간 반이 지나 있었다. 총 소요 시간이 4시간 미만이므로 우리는 그 1.4cm의 혹은 양성이었을 거라 짐작하며 안심했다. 그러나 엄마는 엊저녁 드라마 보던 모습과는 사뭇 다른 몰골로 병실에 실려 왔다. 그리고 수술 후 회진을 온 부교수는 내가 미처 생각하지 못한 전개로 말을 이어나갔다.

"어머니 암 수술은 깨끗하게 잘 됐어요. 왼쪽 폐 1/2 정도 잘라냈고 일주일 경과보고 퇴원할게요."

"암이라고요?"

우리는 크게 놀랐고 당황했다. 다행인지 불행인지, 우리 가족은 수술이 끝나고 한나절이나 지나서야 그 혹이 10% 미만의 확률로 암이었다는 사실을 알게 되었다. 이미 '암 수술은 잘 끝났노라'는 소식과 함께.

'거참, 하느님! 한 명만 데려가쇼. 한 집에 암 환자 두 명은 너무한 거 아니오!'

엄마가 폐암이라니. 하늘이 노랬다. 만약 엄마가 건강검진을 받지 않았더라면, 암 정밀검사를 하지 않았더라면 어떻게 됐을까. 상상만 해도 끔찍했다. 그날 이후 엄마에게는 암 환자 딱지가 붙여지고 말았다.

내가 제일 좋아하는 음식은
김밥

어릴 때는 김밥을 그다지 좋아하지 않았다. 엄마가 너무 자주 해줘서 그랬던 걸까? 언제든 먹을 수 있는 엄마 김밥이었기에 소중함도, 특별한 맛도 잘 몰랐다. 그냥 당연하고 밋밋한 엄마 맛이었다.

남동생이 태어나던 날에도 내 머리맡에는 김밥이 놓여 있었다. 출산을 위해 이른 새벽 집을 나서면서도 엄마는 이제 막 초등학교 2학년이 된 나에게 김밥과 함께 손 편지를 남겼다. '송미 챙겨서 김밥 먹고 있어라, 학교 다녀오면 남동생이 태어나 집에 와 있을 거다'라는 정도의 대수롭지 않은 내용이었다.

재료 하나하나 손이 많이 가는 김밥. 하루 아침밥 굶는다고 세상이 무너지는 것도 아닌데, 엄마는 굳이 김밥을 싸놓았다. 진통을 참아가며 새벽부터 김밥을 말았을 엄마. 유난이라 생각했다.

초등학교 운동회 날이나 소풍 등 학교행사가 있을 때도 엄마는 김밥을 쌌다. 달리기 1등을 하고 손등에 찍힌 '참 잘했어요' 도장이 지워질까 봐 조심 또 조심하며 집으로 오는 길. 은근히 마음속으로는 자장면이나 치킨을 기대하며 뛰어오곤 했다. 그러나 어김없이 식탁에는 김밥뿐. 탕수육 시켰으니 같이 먹자는 동네 친구의 전화에 나는 엄마의 김밥을 마다하고 냉큼 친구 집으로 가버렸다. 바삭한 탕수육 한 입을 베어 먹으며 운동회 날에도 김밥을 싸준 엄마를 원망하곤 했었다. 엄마는 왜 그렇게 툭하면 김밥을 싸줬을까?

촬영장에서 가장 많이 먹는 음식을 묻는다면 단연코 김밥이다. 연예인들이 메이크업 수정할 때 먹기에도 좋고 도시락처럼 번거롭지도 않다. 게다가 별도의 식사 장소가 필요한 것도 아니고 촬영하는 중간에도 손쉽게 먹을 수 있으니까. 온종일 눈코 뜰 새 없이 바쁜 스태프들의 굶주린 배를 챙길 수 있는 것도 역시 김밥 한 줄이다. 나 또한 눈치 보며 입에 한두 알 욱여넣은 김밥의 힘으로 하루하루 고된 촬영 스케줄을 버텨내곤 했다.

이 세상에는 수많은 김밥집이 있다. 연예인이 방문해서 유명세를 떨친 김밥이나 미리 예약하지 않으면 못 먹는 김밥 등 최고의 김밥 맛집들을 두루 섭렵했다. 하지만 내 입맛에 딱 맞는 익숙한 맛은 없었다. '하나 먹어봐. 간이 어떤지. 맛있어?'라고 묻는 엄마가 없어서였을까.

엄마가 김밥을 만들 때면 고소한 참기름 냄새를 맡으며 엄마 옆에서 참새처럼 한 알씩 얻어먹곤 했다. 재잘재잘 떠들랴 먹으랴 입이 쉴 틈 없이 바빴다.

엄마 김밥에는 뭐 특별한 게 들어가지도 않았다. 평범하기 짝이 없는 김밥. 별거 넣은 것 같지도 않은 김밥이 참 맛있었다. 그럴 때마다 엄마는 꼭 새로 싼 김밥의 가운데 부분을 잘라 입에 넣어줬다. 꽁다리는 밉다고, 김밥조차 예쁜 걸로만 먹이려던 엄마였다.

그런데 생각해보니 나는 서른 살이 넘도록 김밥 한 줄 내 손으로 만들어본 적이 없었다. 보조셰프처럼 엄마가 '김!'하면 봉

지 속에서 김 한 장 떼어내서 척하고 도마 위에 올려보기나 했
지(쯧, 잘하는 짓이다).

　호텔에서 비싼 음식을 사 먹거나 유명한 음식점에서 식사할
기회가 종종 있었다. 그런데도 딱히 '맛있네'라는 말이 선뜻 안
나왔다. 그럴 때마다 나는 집에 가는 길에 엄마에게 전화를
했다.
　"엄마, 나 김밥 먹고 싶어."
　"오늘 저녁에 맛있는 거 먹으러 간거 아니연(아니었어)? 역
앞에 파는 거 한 줄 사고 가라게(사서 들어가)."
　"아니. 그거 말고. 엄마가 만든 김밥."
　"지금 해줄 수가 없는데 어떵(어떻게 하지)? 다음에 제주도
오면 해줄게이."

　내가 제일 좋아하는 음식은 김밥이다. 정확히는 엄마가 만
든 김밥. 가만, 내 입 되게 저렴하잖아! 그런데 엄마표 김밥을
먹으려면 제주도 비행기 티켓값 포함이니 웬만한 호텔 뷔페 가
격은 저리 가라겠네. 생각이 짧았다.

딸 가진 엄마들의 특권,
목욕탕

잊을만하면 이모가 엄마에게 하는 말이 있다.

"너는 좋으크라(좋겠다). 늙어도 등 밀어줄 딸 이시난(있어서)."

딸을 낳지 않은 게 후회된다는 이 말은 목욕탕에 갈 때마다 반복하는 이모의 고정 레퍼토리였다.

"겅하난(그러게). 옛날엔 딸 두 명 낳았댄(낳았다고) 눈치 봐신디(봤는데) 키워 놓으난 좋은게(좋더라고)."

내심 뿌듯한 표정으로 엄마 또한 똑같은 대답을 반복하곤 했다.

우리 집은 아들 하나 딸 둘, 이모네는 아들만 둘이다. 물론 딸을 두 명 낳은 엄마도, 딸을 낳지 않은 이모도 아무런 잘못이 없다. 다만, 딸 있는 엄마의 목소리가 커졌다. 딸 가진 엄마들의 특권을 왜 하필 목욕탕에서 누린담. 딸은 목욕할 때나 필요한가 보다.

나는 목욕탕 가는 걸 좋아했다. 내가 제주도 집에 갔을 때나 엄마가 서울 집에 올 때면 자주 집 근처 목욕탕에 갔다.

간단한 샤워를 마친 후 건식 사우나실로 들어가기 위해서는 몇 가지 준비물이 필요하다.

한두 번 오는 사람들은 그냥 수건을 깔고 앉지만 매일, 매주 오는 사람들에게 '접이식 쿠션 매트' 일명, 방석은 필수품이다. 나는 수건을, 엄마는 방석을 챙겨서 건식 사우나실로 향하는데 아뿔싸! 엄마의 손에 다 낡은 등산용 방석이 들려 있는 게 아닌가!

이미 자리 잡고 앉아 있는 다른 엄마들은 캐릭터, 꽃 모양 등 예쁜 방석을 가지고 왔는데 우리 엄마만 어디선가 공짜로 받은, 게다가 찢어진 방석이라니…. 나는 엄마가 궁상맞다고 생각했다.

"엄마, 새 걸로 하나 사. 다른 엄마들 갖고 다니는 저런 예쁜 방석으로! 아니다, 내가 하나 사줄게."

"오늘까지만 쓰고 버리잰 핸(버리려고 했어). 집에 새거 이서(있어)."

엄마는 시선을 피하며 찢어진 방석 위로 슬그머니 수건을 덮었다. 서너 달 지나 다시 엄마와 목욕탕에 갔을 때도 엄마의 찢어진 방석은 여전히 그대로였다.

얼마 뒤, 내가 일하고 있는 프로그램에서 새로운 기념품을 제작했다. 그중에 눈에 띄는 하나, 프로그램 로고가 새겨진 아주 예쁜 방석이 있었다.

"엄마, 택배 받았지? 그걸로 당장 바꿔."

"목욕탕에 못 가지고 가크라(가겠다). 예뻐부난(너무 예뻐서) 누가 훔쳐 가민 어떵할거(어떻게 해)?"

"누가 훔쳐 가면 새로 또 하나 사면 되지."

집에 가보니 방석 가운데에는 엄마 이름이 떡하니 매직으로 쓰여 있었다. 이후 엄마가 사우나에서 그 방석을 꺼낼 때면 어디서 샀냐며 눈을 반짝이는 아주머니들이 종종 있다고 했다. 그런 질문을 받을 때마다 엄마 대신 옆에 앉은 분들이 먼저 대답해주셨다고 한다.

"저기 어멍(저 집) 딸이 작가 선생이랜 마씸(작가 선생이래요). 무한… 무한… 뭐랜 해신디(뭐라고 하던데)."

아주머니들은 대체로 MBC 대표 예능 프로그램이었던 〈무한도전〉을 기억하지 못하셨지만 상관없다. 어쨌든 '서울에서 유명한 방송 프로그램 작가라더라'하면 된 거다. 역시 딸은 목욕탕에서나 자랑거리인가 보다.

"목욕탕에 못 가지고 가크라. 예뻐부난 누가 훔쳐 가민 어떵할거?"

김정미 여행사
오픈합니다

    나는 방송작가이기도 하지만, 수시로 '김정미 여행사'를 운영하기도 한다(물론 예능 '시바이'로 받아쳐야지 진짜 여행사인 줄 알고 인터넷에 검색해보면 안 나옵니다).

    막내작가 꼬리표를 떼자 여유가 생겼다. '작가들은 쉴 때마다 여행을 가더라'라는 말이 생길 정도로 방송작가들은 여행을 좋아했다.

    나 역시 촬영차 휴가차 해외 곳곳을 다닐 기회가 많았고, 여행은 내가 제일 좋아하는 것이자 제일 잘하는 것이기도 했다. '김정미 여행사'는 패키지여행보다는 자유여행 전문이며, 배낭

여행보다는 캐리어여행 전문이다. 때때로 가족, 친구, 지인들의 여행 일정을 짜주고 동반 여행을 다녀오기도 했다. 그들이 여행을 마치고 돌아와 만족감을 표현할 때면 뿌듯함과 기쁨을 느꼈다.

특히 할배, 누나, 청춘들과 함께 여행을 다니는 프로그램의 작가였던 터라, 좋다는 곳을 참 많이도 다녔다. 하지만 정작 엄마와 함께하는 여행에는 인색했다. 엄마를 모시고 단둘이 여행 가기는 쉽지 않은, 지극히 평범하고 바쁜 30대 딸이었다.

"엄마, 나 이번 휴가 때 프라하 가려고."

"엄마, 이순재 선생님, 신구 선생님 모시고 이번에 유럽 가게 됐어."

"엄마, 나이아가라 폭포 굉장하더라. 이걸 엄마가 봤어야 했는데."

"엄마, 이스탄불 가면 고등어 케밥은 꼭 먹어봐야 해."

"엄마, 스페인 바르셀로나 가면 가우디가 만든 건축물이 있는데 엄청 멋있다?!"

매년 혼자 여행은 잘도 가면서 엄마에게는 '엄마, 다음에 같이 가자'라는 기약 없는 약속만 했을 뿐이었다.

엄마는 제주도에서 태어나 평생을 살았다. 아빠가 떠난 후 우리는 이별의 무게를 나누어 감당해가며 각자의 자리에서 묵묵히 버텨냈다. 엄마는 '내 새끼들'을 책임져야 한다는 마음이 먼저였기 때문이었을까. 자식 앞에서 울기보다는 강한 모습만 보여줬고 힘든 내색 없이 삼남매를 키워냈다.

여행도 다니고 취미 생활도 하고 예쁜 것만 봐도 아까운 시간들인데 엄마는 모든 걸 포기하고 우리가 잘 되길 바라며 버티고 또 버텼다. 그런 엄마 덕분에 취준생과 대학생이었던 딸 둘은 방송국에서 나란히 예능 프로그램을 만드는 일을 하고 있으며(프로그램이 끝나고 스크롤에 이름이 나란히 나간 적도 있다), 중학생이었던 아들은 초등학교 선생님이 되었다. 아들 딸들이 각자 밥벌이를 하고 있으니 엄마는 이제 자유다.

언제부턴가 엄마가 입에 달고 사는 말이 있다.

"난 집 밖으로 나가기만 하면 어디든 좋더라."

길가에 핀 꽃 한 송이만 봐도 좋다 하셨다. 책임감으로부터 조금 벗어났는지 엄마는 그제야 콧바람을 쐬고 싶어 했다.

어느 겨울, 엄마가 설악산에 가보고 싶다며 갑자기 전화를 한 적이 있었다.

"서울에서 설악산 가려면 멀지?"

"아무래도 강원도니까…. 왜?"

"아니. 아빠랑 신혼여행 때 가보고 안 가봤으니까. 오랜만에 가보고 싶어서."

"나 요즘 바쁜데. 언제? 눈 많이 올 텐데 괜찮으려나?"

"아니아니. 너 바쁘면 괜찮아. 신경 쓰지 마."

국내 여행마저 모른 척 할 수가 없었다. 엄마랑 같이 신혼여행 다녀온 아빠가 없었으니까. 그 시기에 나는 한창 촬영으로 바쁠 때였다(언제는 바쁘지 않은 날들이 있을까마는 엄마한테만 유독 바쁘다는 핑계를 많이 대는 건지도). 새벽까지 회의하고 주말에는 프로그램 모니터와 자료조사 하기에도 시간이 빠듯했다. 그럼에도 불구하고 나는 짬을 내어 엄마와 함께 동서울터미널로 향했다.

"물회 진짜 맛있다이. 제주도보다 더 맛있는 거 닮아(같아)."

"여기 많이 변해신게(변했다). 30년 전에는 뾰족구두 신고

"너 설악산 처음 오맨?
너 엄마 덕분에 설악산
구경햄서이."

꽃보다 엄마 _ 1부

온 거 닮은디(같은데), 이 길 아닌가이?"

"너 설악산 처음 오맨(와보지)? 너 엄마 덕분에 설악산 구경 햄서이(구경하는 줄 알아)."

아마도 엄마는 30년 전 그때로 돌아가 그 시절의 아빠를 만나고 싶었던 건 아니었을까?

그날의 날씨는 몹시 추웠고, 나는 내내 졸리고 피곤했으나, 딱 하나 지금까지 잊히지 않는 게 있다. 엄마의 행복한 표정. 그것만큼은 또렷하게 남아 있다. 여행은 큰 슬픔을 끌어안고 있던 엄마를 웃게 했다.

내가 여행을 좋아하듯 엄마도 여행을 좋아했던 것이다. 다만 우리 때문에 포기하고 살았을 뿐. 엄마에게 '서울 딸네 집 가는 일'은 반복되는 답답한 삶에 숨통을 틔워주는 유일한 여행이었을 것이다. 고작해야 일 년에 서너 번 서울 올라오는 게 다인데, 때마다 함께 어디든 다녀주면 좋으련만. 딸들은 늘 바쁘다, 피곤하다 핑계가 많았다. 서울 와서도 새장에 갇힌 새처럼 집 안에만 있었던 엄마. 얼마나 답답했을까.

엄마에게 새로운 곳을 보여주고 싶었다. 설악산만 가도 저렇게 좋아하는데 해외에 나가면 얼마나 좋아하실까 생각하니 가슴이 뛰었다.

"엄마! 환갑 때는 세계 여행 보내줄게."

"엄마! 환갑 때는 크루즈 여행 보내줄게."

"엄마! 환갑 때는 유럽 여행 보내줄게. 알겠지?"

매번 공수표를 날렸지만 그때마다 엄마는 손꼽아 환갑을 기다리며 대답했다.

"알안. 엄마 기대하크라이(기대하고 있을게). 약속~"

수많은 약속을 하고 환갑을 맞이한 엄마는 여행 대신 서울에 있는 대학병원에서 암 수술을 해야 했다.

그리고 드디어 이제, 약속을 지킬 때가 왔다.

〈고해주 씨와 함께 여행을 떠나게 되어 영광입니다.

이번엔 오로지 엄마를 위해서만 오픈할 것을 약속드립니다.

편안한 여행 되십시오. 김정미 여행사 대표 첫째딸 올림〉

2부

오늘부터 〈꽃보다 엄마〉
촬영 중

"엄마, 다음 달이면 '무한도전' 종영돼. 그럼 나 이제 백수니까 작년에 못 갔던 환갑 여행이나 갈래?"

"진짜?"

딸이 백수가 된다는데, 엄마의 목소리는 기대감으로 가득차 있었다.

"엄마, 이번에 병원 가면 의사 선생님한테 물어봐. 장거리 비행해도 괜찮냐고."

"알겠어."

"엄마는 어디 가고 싶은데 있어?"

"나야 너가 데려가는 데면 어디든 좋지."

"아빠랑 가려고 했다가 못 가본 미국이나 가볼까? 스페인 일주는 어때? 남미는 좋은데 멀긴 하고…."

"너가 알아서 짜봐. 엄마는 어디가 어딘지 잘 모르잖아."

며칠 후, 엄마는 문자메시지로 나에게 여러 장의 사진을 보내왔다. 일요일 오후에는 홈쇼핑 채널에서 다양한 여행 상품을 판매한다. 엄마는 TV를 보다가 쇼 호스트가 소개하는 여행지 영상을 핸드폰으로 찍어 보낸 것이다. 딸내미에게 어느 나라로 여행 가고 싶은지를 설명하기 위해 아직은 익숙지 않은 스마트폰으로 이리저리 각도를 바꾸며 사진을 찍었을 테지.

'콜로세움, 트레비 분수, 포로 로마노….'

사진은 전부 흔들리거나 초점이 나갔지만 모두 이탈리아에 있는 고대 로마 유적지였다.

'아, 엄마는 로마에 가고 싶구나!' 나는 퍼뜩 알아차리고 물었다.

"엄마, 이탈리아 가고 싶어?"

"내가 꼭 이탈리아에 가고 싶은 게 아니고, 그냥 TV에 나오

"엄마, 이탈리아 가고 싶어?"

길래. 모임 갔더니 유럽 다녀온 아줌마가 스위스도 좋았다던 데. 거긴 멀어?"

"스위스? 이탈리아에서 기차 타고 갈 수 있어."

"다른 나라 가도 어떵 안 해(괜찮아). 넌 이탈리아랑 스위스 여러 번 가봐시난(가봤으니까) 또 가면 재미없네. 엄마는 집 밖 에만 나가면 아무 데나 좋으난 너가 가고 싶은 곳으로 정해부 러."

여기서 잠깐!

엄마는 지금 수능 영어보다도 어려운 엄마만의 화법으로 나에게 말하고 있었다. 한 줄로 설명 가능한 문장을 베베 꼬아서 열 줄 이상으로 늘려 놓고서는 '이 글의 요점을 찾아내시오' 같은 수능 영어 지문. 실생활에서는 잘 사용하지 않는 엄마만의 은유적 화법. 이 대화체에서는 특히 요점을 놓치기 쉽다. 속뜻이 가려진 은유와 반어가 난무하기 때문에!

우리 엄마는 정말 아무 나라나 가도 괜찮은 것일까? 정확한 해석은 온전히 딸인 나의 몫이다. 왜 엄마는 딸에게 '딸아, 엄마는 이번에 이탈리아와 스위스로 여행을 가고 싶구나. 넌 이미 여러 번 갔다 와서 재미가 없을 수도 있겠지만, 그래도 이번에는 엄마랑 같이 가보지 않을래?'라고 자신의 생각을 솔직하고 분명하게 말하지 않는 것인가.

2013년, tvN 〈꽃보다 할배〉 대만 편 방송이 끝난 후 한동안 국내에서는 대만 여행 붐이 일었다. 인천 국제공항에서 타이베이 타오위안 공항까지는 비행기로 2시간 30분. 세계에서 손꼽히는 고궁 박물관과 여왕 바위가 유명한 예류 지질공원,

애니메이션 〈센과 치히로의 행방불명〉의 배경이 된 지우펀, 철길 위에서 직접 풍등을 날릴 수 있는 스펀, 그리고 스린 야시장의 다양한 먹거리와 타이베이 101 빌딩의 야경까지 완벽한 곳이다. 그야말로 남녀노소 할 것 없이 누구나 만족할 만한 딱 좋은 여행지다.

"요즘 너가 한 방송 때문에 대만 많이 가더라이."

"한국에서 가까우니까 부담 없이 가는 거겠지 뭐."

"주변에서 다들 대만 다녀온 이야기 하더라고."

"엄마도 친구들이랑 다녀와."

"가이네는 벌써 부부동반으로 갔다와실거라. 엄마는 너가 그 프로 만들었다고 해서 봐신디 대만은 별로더라."

엄마만의 화법이 빛을 발하는 순간이었다. 하마터면 놓칠 뻔 했네.

그날 저녁 나는 타이베이행 비행기 티켓을 결제하고, 다음날 호텔을 예약했으며, 그다음 날 엄마와 김포공항 국제선에서 만나 〈꽃보다 할배〉가 여행한 코스 그대로 대만을 여행했다.

대만에 별로 가고 싶지 않다던 엄마는 이순재 선생님보다 더 빨리 한자를 해석하며 길을 찾아다녔고, 신구 선생님보다 더

"엄마, 나영 고치 여행 가쿠가?"

오랫동안 중정 기념관의 교대식을 보며 감탄했다. 박근형 선생님보다 더 적극적으로 사진을 찍고, 백일섭 선생님보다 더 많은 망고를 먹으며 좋아했다. 이러니 내가 어찌 엄마의 말을 곧이곧대로 믿을 수 있겠는가. 이번에도 나는 엄마와의 대화에서 정확하게 요점을 짚어내고 대답해야만 했다.

"그럼 이왕 가는 거 이탈리아도 가보고 〈꽃보다 할배〉에 나왔던 스위스랑 파리까지 여행하자. 어때? 엄마, 나영 고치 여행 가쿠가(나랑 같이 여행갈까)?"

"너만 좋댄허민 고치 가잰(너만 괜찮으면 같이 갈래)."

그리하여 나는 지금부터, 할배도 누나도 청춘들도 아닌 엄마와 단둘이 여행을 떠나보려 한다. 엄마 친구들이 자랑한 스위스도 가고 쇼 호스트가 소개한 이탈리아도 가볼 참이다. 엄마와 함께 아주 멀리 낯선 곳으로!

"엄마! 준비됐지?"

지금부터 〈꽃보다 엄마〉 촬영 숏 들어갑니다!

비행기 좌석을
업그레이드 받는 방법

　나는 현재 느닷없이 인천 국제공항으로 가기 위해 26인치 캐리어를 끌고 전속력으로 뛰어가는 중이다. 엄마는 딸을 놓치지 않기 위해 24인치 캐리어를 끌고 경보선수처럼 부지런히 따라오는 중이고.

　퇴행성 허리디스크가 있는 30대 딸에게 배낭은 무리요, 캐리어를 끌어야 여행이 가능했다.

　특히 '헬로', '땡큐'만 겨우 내뱉는 미천한 영어 실력을 장착한 영어 포기자라서 해외여행 가이드로는 그다지 매력적이지 않은 조건을 가지고 있었다.

엄마는 어쩌자고 이런 나를 믿고 덜커덕 이 여행을 따라나 선다고 한 걸까? 나는 어쩌자고 엄마의 첫 유럽 여행을 책임지 겠다고 호언장담 했을까?

여행의 시작부터 알 수 없는 두려움이 밀려들었다.

여행 출발 당일 아침, 조용하기만 하던 백수의 핸드폰 전화 벨이 울렸다. 낯선 032 번호라 받을까 말까 고민하는 사이 전 화가 끊겼졌고, 이내 두 번째 전화벨이 다시 울렸다. 나는 마 지못해 전화를 받았다.

"여보세요?"

"안녕하세요. 루프트한자인데요. 오늘 오후 2시 20분에 프 랑크푸르트 경유해서 로마로 가시는 비행기 예약하셨죠?"

"네."

"탑승하실 비행기가 오버부킹 돼서요. 혹시 경유지가 상관 없으시다면 12시 20분 뮌헨 경유해서 로마 가는 항공편으로 변경해드려도 괜찮을까요?"

이게 무슨 소리인가? 현재 시간 오전 10시. 그녀가 말하는 뮌헨 경유 로마행 비행기를 타려면 우리는 지금 집이 아니라

공항에 도착해 있어야 한다.

말도 안 되는 소리! '아니요. 당연히 괜찮을 리가 없잖아요.' 라고 대답하려는 찰나 급박한 목소리가 이어졌다.

"대신, 프리미엄 이코노미 좌석으로 업그레이드 해드릴게요. 그런데 죄송하지만 혹시 11시 30분까지 인천공항으로 와주실 수 있으세요?"

업그레이드라…. 재빨리 머릿속으로 프리미엄 이코노미 좌석의 가격이 얼마였는지부터 떠올렸다. 그리고 동시에 집에서 인천 국제공항까지 가는 데 얼마나 걸리는지 시간 계산을 하며, 입으로는 알겠노라고 대답해버렸다.

"엄마, 가자! 지금 출발해야 해."

아침밥 차리다 말고 엄마는 황급히 24인치 캐리어를 집어 들어야 했다. 어리둥절해하는 여동생에게 제대로 인사조차 못 한 채 집을 뛰쳐나왔다. 뒤에서 누가 쫓아오기라도 하는 듯, 우리는 그 길로 한달음에 지하철역까지 내달렸다. 무사히 비행기 좌석을 업그레이드 받기 위해서는 앞으로 1시간 30분 뒤, 우리는 반드시 인천공항 항공사 카운터 앞에 서 있어야 했다. 그러기 위해서는 등촌역에 위치한 우리 집에서부터 김포공항역까지 9호선 지하철로 이동 후 다시 공항철도로 환승해 인천공항 1터미널역까지 가야 한다. 그다음 내려서 3층에 있는 항공사 카운터까지 전력 질주한다고 치면…. 그래도 우리에겐 시간이 없다! 엄마, 뛰어!

이것은 과연 누구를 위한 업그레이드인가.

내가 작가로 참여하고 있던 MBC〈무한도전〉이라는 프로그램이 종영된다는 기사가 쏟아져 나왔다. 이 기사의 의미는 곧 내가 잠정적 백수가 된다는 뜻이었다. 그래, 백수라 시간도 많은데 이참에 엄마랑 미뤘던 여행이나 가보자.

나는 백수를 핑계로 일 년이나 늦은 엄마의 환갑 기념 여행을 준비하기 시작했다. 그런데 막상 비행기 티켓부터 예매하자니 당장 한 달 뒤에 출발하는 로마행 비행기는 평소 알고 있던 가격이 아니었다. 엄마의 나이와 건강 상태를 고려해서 비즈니스 좌석을 염두에 두었건만, 성수기로 급등한 비행기 티켓 가격에 손이 후들거렸다. 당연히 예산 초과. 떠나기도 전에 파산이다.

슬쩍 직항노선의 이코노미 좌석으로 검색해보다가 또다시 며칠 후에는 경유행 항공권을 알아보기 시작했다. 이거다! 프랑크푸르트를 경유해서 로마로 들어가는 항공편. 예산에도 딱 맞고 환승 시간도 2시간 55분이라 괜찮을 것 같았다.

그런데! 우리는 지금 예산에도 딱 맞고 경유지에서 환승 시간도 짧은 '그 비행기'보다 무려 2시간 일찍 출발하는 비행기를 타겠다고 이 난리 중인 것이다. 누가 보면 어디 전쟁 나서 폭탄이라도 터진 줄 알겠네.

영문도 모른 채 딸이 뛰라고 하니 그저 열심히 종종종 뒤쫓아 오는 엄마는 불과 일 년 전에 폐암 수술을 했다. 매사에 조심해도 시원치 않을 판에 지금 늦은 환갑 여행을 보내주겠다고 나선 백수 딸 때문에 아침밥도 못 먹고 죽어라 뜀박질 중인 것이다. 엄마는 과연 '김정미 여행사'의 허술한 가이드만 믿고 무사히 이 여행을 마칠 수 있을까?

여동생 : 언니 지금 어디쯤?

나 : 우리 김포공항에서 막 공항철도로 환승함. 집에 뭐 두고 온 거 없지?

여동생 : 내가 쓱 봤을 땐 없었는데. 아, 엄마 약 안 먹었어. 그런데 업그레이드 때문에 이렇게 무리하게 갈 필요가 있나?

나 : 사실 업그레이드 때문이 아니라 도착 시간 때문이었지. 원래 예약한 비행기는 로마에 도착해서 호텔가면 새벽 1시고, 이 비행기를 타면 밤 10시니까. 그리고 경유지가 바뀌어서 비행시간이 1시간이나 더 짧거든.

여동생 : 아…. 그래도 10분 만이라도 일찍 전화해주지. 하긴 항공사에서 서울 사는 사람을 찾아 전화하기도 힘들었겠다.

나 : 그러게. 면세점에서 쇼핑할 건 없으니까 비행기 티켓 발권한 다음 환전하고 바로 탑승해야지 뭐.

우리가 제시간에 공항에 도착할 수 있을지 집에서 걱정하는 여동생과 문자메시지를 주고받다 보니 드디어 인천공항 1터미널역에 도착했다. 항공사 직원과 약속한 11시 30분이 살짝 넘은 시각. 3층 항공사 카운터가 보일 때쯤 안내방송에서 내 이름이 또렷하게 흘러나왔다.

"루프트한자에서 사람을 찾습니다. 김정미, 고해주님은 속히 J16번 카운터로 와주시기 바랍니다. 다시 한 번 알립니다."

마음이 다급해진 우리는 또 뛰기 시작했다.

"헉헉, 저기요! 저희 도착했어요. 김정미! 고해주! 방금 방송 나온 사람들이에요!"

나는 줄 서 있는 수많은 사람들을 뚫고 앞으로 나가며 외쳤다.

그동안 백 번도 더 해본 비행기 티켓 발권은 나와 엄마를 찾는 방송을 들으며 무사히 진행되었고 서둘러 입국장 바로 옆 은행에서 미리 신청해둔 환전까지 끝냈다. 그리고 우리는 대기하고 있던 직원의 에스코트를 받으며 뮌헨행 비행기를 타기 위해 마지막으로 죽을힘을 다해 게이트로 내달렸다. 비행기 문이 닫히기 직전, 우리는 성공적으로 탑승을 완료했다. 이것이 '김정미 여행사'가 비행기 좌석을 업그레이드 받은 방법이다.

"야! 너도 전화 올 수 있어!"

사랑해요
루프트한자

불굴의 띰박질로 따낸 프리미엄 이코노미 좌석은 생각보다 좋았다. 국내선 비행기의 비상구 앞 좌석처럼 공간이 넓어 다리를 쭉 펼 수 있었으며 앉자마자 담당 승무원이 웰컴 드링크와 따뜻한 물수건도 내어주었다.

'아, 내가 아침에 세수는 했던가?'라는 생각을 하며 슬그머니 물수건으로 눈곱을 떼어냈다.

엄마가 그동안 이용했던 국내선 비행기나 아시아 지역을 여행갈 때 타보았을 국제선 비행기의 이코노미 좌석에는 이런 서비스가 없었을 것이다. 프리미엄이 괜히 프리미엄이겠는가!

다른 나라 비행기(외항사)를 처음 타본 엄마는 탑승 전까지 내심 걱정스런 표정이었다. 그러나 막상 탑승을 하고 서비스가 시작되자 모든 불안과 걱정이 단박에 해소된 듯 얼굴이 환해졌다.

"좌석 넓고 좋은게. 승무원들도 친절하고. 외국 비행기인데 한국인 승무원도 있쪄이(있구나)."

"엄마, 당연히 프리미엄이니까 더 넓지. 다리도 펼 수 있고. 봐봐. 저 뒤에 좌석보다 훨씬 넓지?"

나는 뻔뻔스럽게 마치 내 돈으로 산 좌석인 것 마냥 생색을 냈다. 이륙 준비를 마치고 옆자리에 앉은 엄마를 바라보니 불현듯 후회가 밀려왔다.

'내가 지금 이 프리미엄 좌석 하나 업그레이드 받겠다고 폐암 수술한 엄마한테 숨차게 뛰라고 하다니. 제정신이냐. 미쳤구나.'

아마도 전속력으로 내달렸을 나 때문에 엄마는 천천히 가자는 말도 못하고 놓칠세라 죽어라 같이 뛰셨을 것이다. 여행 시작부터 엄마에 대한 배려가 이토록 부족하다니…. 하, 나란 딸을 믿어도 될지 진짜 걱정스러워졌다.

"엄마! 운동화 벗어봐, 이 실내화로 갈아 신어."

"엄마! 겉옷 벗어봐, 내가 짐칸에 넣어둘게."

"엄마! 여기 눌러봐, 그럼 화면 나올 거야."

"엄마! 기내식은 뭐냐면… 아, 맞다. 프랑크푸르트 경유할 줄 알고 프랑크푸르트행 메뉴만 알아봤는데 뮌헨행은 다르겠구나. 이건 내가 좀 찾아볼게."

"엄마! 화장실은 바로 앞에 있어. 아니다, 나랑 같이 가."

"세 살짜리 어린애도 아니고 엄마도 다 알암수다(알아)."

엄마는 괜찮다며 오히려 나를 진정시켰다. 옆에서 이런 우리의 모습을 지켜보던 한 여자분(아마도 프리미엄 이코노미 좌석을 제값 주고 예매하셨을 옆좌석 손님)이 말을 걸었다.

"어머님이랑 따님이랑 여행 가시나 봐요. 부럽다. 나는 엄마랑 한 번도 여행 가본 적 없는데. 어머님은 좋으시겠어요. 따님이 엄청 효녀네요."

'네. 정확히 말하자면 효녀 코스프레 중인 사람입니다….'

호들갑스러운 나 때문에, 아마도 그분은 자신의 엄마를 잠시 떠올렸나 보다. 누군가에게 엄마를 떠올리게 하고 엄마와의 여행을 꿈꾸게 할 수도 있는 우리의 특별한 여행. 엄마와의 본격적인 여행이 시간되는 순간이었다.

뮌헨까지 비행 시간은 11시간 5분. 지도에서는 고작 한 뼘인데 멀기도 멀다. 제주도에 사는 엄마가 제일 멀리 가본 나라는 태국이었다. 그러므로 인천 국제공항에서 방콕 수완나품 국제공항까지 5시간 45분 동안의 비행이 최장 기록이다. 엄마는 지금 그 기록을 경신하는 중으로 5시간 45분의 약 두 배인 11시간 동안 이 비행기 안에 꼼짝없이 갇혀 가야만 한다.

게다가 지금처럼 낮 시간대의 비행은 밤 시간대 자면서 가는 비행보다 좀 더 힘들다. 전날 밤을 새워도 비행기에서 잘까 말까인데, 심지어 우리는 어제 일찌감치 짐을 싸고 푹 자버렸다. 장거리 비행에 익숙한 나는 책을 읽거나 멍 때리면 그만인데, 아무래도 엄마가 신경 쓰였다.

"엄마, 이걸로 영상 봐. 여기에 가요무대, 동치미, 지난주 주말 드라마 여러 편 넣어놨어."

"이거 뭐? 언제 이거 준비했? 지난주 꺼 못 봐신디 잘 됐쪄. 근데 이거 비싼 거 아니?"

"비싸긴 무슨. 핸드폰 사니까 주더라."

"그래?"

'오다 주웠어'의 업그레이드 버전이다. 그리고 이 말도 안 되는 거짓말을 엄마는 철썩 같이 믿는 눈치다.

지금 이 순간을 위해 일주일 전, 과거의 내가 미래의 엄마를 위해 태블릿 PC를 구입했다.

외항사에서 제공하는 기내 영상 서비스에는 아무래도 국내 항공사보다 한국방송이나 한국어 자막이 있는 영화가 많지 않을 것이다.

평소 나는 대본을 쓸 때는 노트북을 사용하고, 장시간 비행기를 타야 할 경우에는 핸드폰에 영상을 넣어오는 편이다. 그러나 이번에는 엄마가 오랜 시간 핸드폰으로 영상을 보기엔 눈의 피로감이 높을 것이라 판단! 포장도 뜯지 않았던 태블릿 PC에 영상을 담아오는 센스를 발휘한 것이다.

아마 앞으로도 내가 사용할 일은 없을 것 같고 이번 여행을 위한 일회용품이 되겠지만 엄마가 놀라워하며 이것저것 눌러보는 모습을 보자니 미래를 예측하고 쇼핑한 나 자신이 기특하기까지 했다.

드디어 우리를 실은 비행기가 이륙 준비를 마치고 출발한다.

그때 갑자기 엄마가 내 손을 잡으며 말했다.

"정미야~ 우리 가서 싸우지 말게이."

아무렴요. 엄마를 위한 여행인데, 정성껏 모시겠습니다.

"비빔밥과 닭고기 스튜가 준비되어 있습니다. 어떤 걸로 준비해드릴까요?"

"엄마, 비빔밥이 낫겠지? 비빔밥 두 개요."

엄마의 대답은 듣지도 않고 주문 완료. 한국 떠난 지 몇 시간 됐다고 벌써부터 고추장이 당겼다.

딸 때문에 아침밥도 먹지 못한 엄마는 기내식이 오늘의 첫 끼니다. 엄마는 가요무대를 시청하며 비빔밥을 야무지게 비볐다.

"외국 비행기 타도 비빔밥이 다 나왐쩌이(나오네). 참기름도 있고."

"한국에서 출발하는 비행기니까 당연히 한식도 나오지."

"너 진짜 안 먹을 거?"

"응. 나는 안 먹을래. 아 맞다. 엄마 약부터 먹어."

구름밖에 보이지 않는 창밖을 보며 멍 때리기를 반복하니 또다시 찾아온 저녁 기내식 시간. 이번에는 김치볶음밥과 떡갈비가 나왔다. 내 몫까지 다 드신 엄마는 평생 당신이 드셨던 떡갈비 중에 최고로 맛있는 떡갈비였다고 소감을 밝혔다.

"엄청 맛있는 떡갈비연(떡갈비였어). 이 비행기 좋다이. 다음에 또 타게(타자)."

예산 때문에 어쩔 수 없이 선택했던 독일 루프트한자 항공사는 우리에게 넓고 안락한 프리미엄 이코노미 좌석을 선물해주었으며, 엄마 입맛에 딱 맞는 맛있는 기내식을 제공해주었다. 무엇보다 엄마의 마음에 쏙 들었으니 다음에도 무조건이다. 물론, 오버부킹으로 인해 공항까지 뜀박질을 해서 얻어낸 좌석이었지만….

사랑해요 루프트한자!

10유로의
사기

　11시간을 날아 뮌헨 국제공항에 도착했다. 유럽 최우수 공항으로도 선정된 뮌헨 국제공항은 독일에서 두 번째로 큰 공항이다. 우리가 뮌헨에 도착한 시각은 오후 4시 30분. 한국과의 시차는 서머타임 기준으로 7시간이다.

　나의 생체시계는 한국 시간 밤 11시 30분에 맞춰져 있어 이제야 슬슬 졸리기 시작했다. 그러나 이번에야말로 늦지 않게 로마행 비행기를 타야 하기 때문에 환승 게이트에 제대로 찾아가기 전까지는 정신줄을 잘 붙잡고 있어야 했다.

　보통 비행기에서 내리면 짐을 찾을 수 있는 출구 안내 표지

판과 다른 나라, 다른 도시로 떠나는 비행기로 갈아탈 수 있는 환승 안내 표지판이 함께 보인다. 이때 환승을 해야 하는 여정이면 출구로 나가지 않도록 유의해야 한다.

나는 비행기에서 내리자마자 전광판에서 우리가 타야 할 로마행 비행기의 게이트부터 확인했다. 환승 안내 표지판을 따라 한참을 걸으니 출입국 관리소 앞에 환승하기 위해 줄 서 있는 사람들이 보였다.

뮌헨 공항에서 나에게 주어진 시간은 2시간 35분. 이 시간 안에 인천에서 타고 온 비행기에서 내려 입국심사를 마친 다음, 로마행 비행기가 준비되어 있는 게이트로 찾아가 탑승 절차까지 끝마쳐야 한다. 결코 여유로운 시간은 아니다.

우리의 최종 목적지는 이탈리아 로마이지만 나는 쉥겐 협약 가입국인 독일을 거쳐 이동 중이기 때문에 뮌헨 공항에서 입국 심사를 하게 되었다.

쉥겐 협약국을 여행하는 경우, 처음 입국한 나라에서만 입국 심사를 받으면 그 외 쉥겐 협약국에 방문할 때는 별도의 입국 심사 없이 국경을 넘나들 수 있다.

때문에 잠시 후 로마 공항에 도착해서는 짐만 찾아 출구로 나가면 끝이다.

'아, 맙소사!'

저 앞에 입국심사 중인 사람들을 보고 있자니, 출입국 직원이 여권에 도장만 찍어주는 게 아니라 질문까지 하고 있다. 마약 사범도 아니건만 은근 슬쩍 긴장이 되었다.

"독일에는 무슨 일로 왔나요?"

"엄마와 여행 중이고 독일을 환승해서 로마로 갑니다."

"옆에 있는 사람은 당신의 엄마가 맞나요?"

'이보쇼. 누가 봐도 닮지 않았소'라고 말하고 싶었지만 영어가 안 되는 나는 세차게 고개를 끄덕였다. 여러 번의 질문과 답변이 오가자 엄마의 얼굴이 잠시 굳어졌지만, 이내 무사히 도장 쾅.

로마행 비행기에 몸을 싣고 드디어 도착한 로마 레오나르도 다빈치 국제공항. 약 19시간 만에 우리 여행의 첫 목적지인 로마에 도착했다.

"야호! 엄마 고생했. 여기가 로마."

엄마는 여기가 이탈리아 로마 공항인지 서울 김포 공항인지 느낄 새 없이 내가 미리 예약해둔 한인택시에 탑승했다. 물론 이것은 인천에서 비행기 출발하기 전, 급하게 예약 변경 문자 메시지를 미리 남겨놓은 나의 노련하고도 주도면밀한 노력 덕분이다.

택시는 주황색 불빛으로 물든 로마 시내를 달려 30분 후 호텔 앞에 도착했다. 공항에서 호텔까지 계약한 요금은 40유로. 기사님께 50유로 지폐를 꺼내드렸다. 10유로를 거슬러 받을 줄 알았는데, 기사님은 대뜸 고맙다며 서둘러 출발하려고 하는 게 아닌가.

"거스름돈 안 받았는데요."

"원래 약속보다 3시간 일찍 도착했으니 50유로 받아야 하는 거예요."

"저는 미리 연락드렸고 그럼 택시 타기 전에 말씀해주셨어야죠."

"지금 10유로가 없으니 나중에 아가씨 계좌로 보내줄게요."

재빨리 문을 닫아버리고 출발하는 택시를 바라보며 생각했
다.

'기사님이 내 계좌번호를 알고 있던가…. 차라리 기분 좋게
팁으로 드릴걸.'

길고 길었던 여행 첫날은 결국 10유로의 사기로 끝이 났다.

오른쪽 자리를
사수하라!

새벽 다섯 시, 눈이 번쩍 떠졌다.

옆 침대를 보니 엄마도 벌써 깨서 천장만 바라보고 있었다. 둘 다 시차 적응 실패다.

"엄마, 일어났어?"

"응. 지금 몇 시야?"

"다섯 시. 그럼 일찍 준비해서 출발할까?"

신기하게도 나는 한 번 갔던 길은 잊어버리지 않고 잘 기억하는 편이다. 특히 해외에서 더 그렇다. tvN 〈꽃보다 할배〉 대만 편 촬영 당시, 길 안내와 통역을 담당했던 현지 코디네이터가 이동 중에 길을 헷갈려 했다. 창밖을 보니 아까 왔던 길을 또다시 돌고 있었다. 나는 우회전해서 가야 한다고 슬쩍 알려드렸고, 코디네이터는 대만에서 평생 산 본인보다 길을 잘 안다며 놀라워했다. 그 길은 한 달 전, 촬영 준비를 위해 제작진 사전 답사 때 딱 한 번 지나왔던 길이었다.

일 년 반 전 크리스마스이브에도 여동생과 이탈리아로 여행을 왔었다. 그러므로 나는 현재, 이탈리아 로마 정도는 핸드폰으로 지도를 보지 않아도 충분히 찾아다닐 수 있는 능력을 보유한 상태다.

한 손에는 호텔에서 포장해준 밀 박스를 들고 나는 마치 우리 집 근처 골목길로 산책을 나가듯 익숙하게 산타마리아 마조레 성당으로 향했다.

산타마리아 마조레 성당은 '마리아'라는 이름을 가진 성당 중에 가장 중요한 성당이다. 베들레헴에서 예수님이 태어날 때 누워있던 말구유 조각이 이곳에 모셔져 있다. 그리고 가장 중요한! 내가 찾아가야 할 남부투어의 집결지이기도 했다.

"여기가 로마? 어젯밤엔 몰라신디 유럽이라부난 분위기가 다르긴 다르다이."

"엄마, 오늘은 이탈리아 남부투어부터 다녀오고 내일 로마 구경하자. 알겠지?"

"어. 상관어서(상관없어). 너 이시난(있으니까) 걱정 어서(없어)."

"저 모퉁이만 돌면 산타마리아 마조레 성당이 보일 거야. 거의 다 왔어."

"길도 잘 아네이~"

"경상도, 전라도 길은 몰라도 내가 로마는 잘 알지. 나만 믿고 따라와. 짜잔. 도착!"

이탈리아 여행 첫날부터 로마가 아닌 남부투어로 시작하게 된 것이 약간 마음에 걸렸으나 예약 가능한 요일에 맞추다 보니 스케줄이 꼬였다.

환상적인 바다 절경을 만끽할 수 있는 남부투어는 폼페이와 아말피, 포지타노 등을 돌아보는 투어상품이다. 시간이 멈춘 도시 폼페이와 단연코 으뜸 풍광을 자랑하는 아말피, 지중해

꽃보다 엄마 _ 2부

의 보석이라 불리는 휴양지 포지타노 등은 이탈리아 남부 여행의 필수 코스. 그야말로 이탈리아 여행의 꽃이라고 할 수 있겠다.

이탈리아 남부 지역은 운전이 가능하다면 직접 렌터카를 빌려 한 바퀴 돌아보는 것을 추천한다. 살레르노, 나폴리, 포지타노 등에서 머물며 여행하면 훨씬 속속들이 그곳을 즐길 수 있다. 그러나 직접 운전하는 게 어렵다면 당일투어로 다녀오는 것도 좋은 방법이다.

장롱면허인 내가 해외에서 운전을 한다는 것은 물고기가 나무 타기에 도전하는 것만큼이나 어렵고 위험한 일이므로, 당일투어를 예약했다. 물론 대중교통을 이용한 남부 자유여행도 가능하다. 그러나 아무래도 엄마와 함께였기 때문에 대중교통을 이용한 여행이나 30~40명씩 몰려다니는 전문 대규모 투어보다는 소규모 투어가 나을 것 같다고 판단했다(는 것은 표면적 이유고 사실은 이 투어업체에서 제공되는 점심이 맛있다는 소문을 듣고 미리 한국에서 예약을 해두었다).

어째 첫날부터 날로 먹는 가이드다. 가이드를 자청하여 이 여행에 긴급 투입되었으나, 오자마자 곧장 투어상품을 이용하는 신공을 발휘했다. 가이드 업무에서 잠시 해방이다. 당장 첫날부터!

인터넷에서 남부투어 후기를 서너 개만 검색해보면 버스의 오른쪽 좌석을 사수하라는 정보를 쉽게 얻을 수 있다. 왜냐. 오른쪽 해안도로 절벽 아래로 펼쳐지는 아름다운 절경을 보다 잘 감상하려면 무조건 오른쪽 좌석이 유리하기 때문이다.

문제는 나뿐만이 아니라 오늘 여행하는 대다수의 여행자 모두 알고 있는 사실이므로 잠시 후 치열한 자리 쟁탈전이 예상됐다.

처음 앉은 자리가 오늘 하루 동안 앉게 되는 지정석이므로 아침잠을 포기하고 부지런을 떨어야 할 만큼 투어버스의 자리는 매우 중요했다.

그러나 여기서 내가 노리는 자리는 오른쪽 좌석이 아니었다. 바로 운전석 뒷자리! 즉, 왼쪽 첫 번째 좌석이다. 보통 운전석이 왼쪽에 있고 오른쪽 첫 번째 좌석에는 투어 가이드가 앉는다. 그렇기 때문에 왼쪽 첫 번째 좌석에 앉게 되면 운전석 앞 통유리창을 통해 정면으로 경치를 감상할 수 있다. 앞자리라

멀미 예방도 되고 타고 내릴 때도 편하다. 이것이 내가 운전석 뒷자리를 찜한 이유되시겠다.

시차 적응에 실패해 30분 일찍 나온 덕에 우리는 무사히 왼쪽 맨 앞좌석을 선점할 수 있었다. 이후 거의 모든 여행객들은 약속이나 한 듯이 차례차례 오른쪽 좌석을 선점해나갔다. 차가 오른쪽으로 기울진 않을까 걱정될 정도로!

커피 맛 요구르트
먹어본 사람 손!

16명의 여행객을 싣고 로마 산타마리아 마조레 성당에서 출발한 버스는 한 시간 반을 달려 어느덧 휴게소에 진입했다.

"엄마, 나는 화장실 갈 건데 피곤하면 차에 있을래?"

"나도 가잰(갈래)."

엄마는 냉큼 따라나섰다. 유럽 고속도로 휴게소의 화장실은 대부분 상점 내부를 통과해야 갈 수 있다. 무료인 곳도 있지만, 0.5~1유로를 지불해야 이용할 수 있는 곳도 있다. 동전만 사용 가능하며(가끔씩 직접 돈을 받는 직원이 앉아있기도 한다), 상점에서 물건을 사면 화장실 할인쿠폰이 찍혀있는 영

수증을 주는 곳도 있다.

"이탈리아 휴게소는 영(이렇게) 생겼구나이. 한국이랑 똑같은게."

엄마는 휴게소 이곳저곳을 둘러보며 신기해했다. 아, 맞다! 엄마는 유럽도, 이탈리아도 다 처음이었지! 하마터면 잊을 뻔했다. 엄마는 화장실을 가지 않더라도 이탈리아 휴게소 내부가 궁금했던 것 같다. 그런데 딸은 그것도 모르고 차에 앉아있으라고 했으니 오죽 섭섭했으랴.

"엄마, 음료수라도 하나 고르고 있어!"

내가 화장실에 다녀올 때까지도 엄마는 냉장고 앞에서 고민 중이었다. 한참 망설이더니 웬걸! 평소 커피를 즐겨 마시지도 않는 엄마가 조심스레 커피 맛 요구르트를 골랐다. 오 마이 갓! 이탈리아 휴게소에서는 에스프레소와 크루아상 조합이 정답이건만.

"이거 먹잰(먹어볼래). 가격 봐신디 1유로니까 1500원 안 되는거 아니(맞지)?"

"비싼 거 골라도 돼. 그런데 딸기나 블루베리도 아니고 커피 맛으로?"

"한국엔 없으니까 특이하잖아. 먹어보고 싶어서. 너도 한입 먹어보잰?"

이미 엄마의 숟가락은 내 입술 앞까지 마중 나와 있었다. 고작 한입 먹었을 뿐인데, 자동으로 미간이 찌푸려지면서 내가 지을 수 있는 가장 못생긴 표정이 절로 나왔다.

요구르트 회사의 의도나 이탈리아 사람들의 입맛을 파악하기엔 내가 아직 멀었나 보다.

책에서 배웠어,
폼페이!

남부투어의 첫 번째 도시인 폼페이에 도착했다. 폼페이는
로마에서 가장 번성했던 도시 중 하나였으나 베수비오 화산
폭발로 한순간에 화산재에 묻혀 사라진 고대 도시이다. 이 지
역은 18세기 중반부터 발굴되기 시작해 현재도 복원작업이 진
행 중이다. 보존 상태가 훌륭해 고대 로마인의 삶을 엿볼 수
있어 해마다 수만 명의 관광객이 몰리는 곳이다. 아, EBS에서
누구나 한 번쯤 보았을 영화 〈폼페이: 최후의 날〉의 그 폼페
이라고 하면 쉬우려나.

가이드가 조근조근 열심히 이곳에 대해 설명해주건만, 그러

거나 말거나 엄마는 이미 수많은 단체 관광객들을 앞질러 저만치 걸어가고 있었다.

"엄마, 천천히 가. 여기서 길 잃으면 어떻게 하려고? 내 옆에 있어."

"알안."

대답은 찰떡같이 잘하면서 그새 또 저만치 앞서서 걸어간다.

귀로는 가이드 설명을 듣는 둥 마는 둥 눈으로는 한참 앞질러가는 엄마를 쫓으며 마음속으로는 주문을 외웠다.

'나는 지금 촬영 중이다. 촬영 중이다. 엄마가 아니라 출연자와 함께 가고 있다. 가고 있다, 가고 있다⋯.'

그러나 간절한 주문도 소용없었다.

"아, 엄마!!!!!! 쫌!"

기어코 엄마는 딸의 화난 목소리를 듣고 나서야 슬그머니 투어 대열에 합류했다.

"엄마만 혼자 가면 뭐해! 다른 사람들도 있는데 왜 그래 진짜!"

"그냥 걸어가다 보난 겅해전(걸어가다 보니 그랬어)."

"엄마, 설명을 들어야 여기가 어딘지 알잖아. 여기가 어디라

"중학교 다닐 때
책에서 배운, 폼페이!"

고?"

"중학교 다닐 때 책에서 배원(배웠어). 폼페이!"

엄마는 까마득한 50년 전, 중학생 때 학교에서 배웠던 이탈리아의 도시 이름을 기억하고 있었다. 어쩌면 엄마에게는 가이드의 훌륭한 설명보다 직접 눈으로 보고 느끼는 여행이 필요했는지도 모른다. 그런데도 딸은 중학생으로 돌아간 엄마에게 이유는 물어보지도 않고 먼저 가면 안 된다고 소리만 질러댔으니. 엄마에게 폼페이는 '화산재로 뒤덮인 마을' 딱 이것만으로도 충분했다. 방대한 양의 설명은 엄마에겐 필요치 않았다. 역사문화 해설 같은 건 그저 한 귀로 듣고 한 귀로 흘려보내는 바람과 같은 것이었다. 아무리 설명 잘하는 가이드가 있는 투어업체라도 다 소용없는 일. 어차피 (엄마 포함) 대부분의 어른들은 보고 싶은 것만 보고, 듣고 싶은 것만 듣는다.

"엄마, 이 투어 업체가 제일 맛있는 레스토랑으로 데려간다고 해서 예약한 거야."

투어가 끝나자, 폼페이 유적지 앞에 위치한 식당으로 이동했다. 기다리던 점심식사 시간! 테이블에 앉자마자 웨이터들이 큰 접시에 음식을 담아와 개인 앞접시에 덜어주기 시작했다. 단체 여행객에게 제공되는 메뉴는 식전 빵, 토마토 해산물 스파게티, 오징어튀김, 후식은 아이스크림이었는데….

내 입이 방정이다. 분명 제일 맛있는 레스토랑으로 데려간다는 후기를 봤건만 이게 뭐야! 제일 맛없는 레스토랑이었다는 후기를 잘못 봤나?

빵은 퍽퍽했고 토마토 해산물 스파게티는 과연 토마토소스로 요리한 게 맞는지 의심스러웠으며, 오징어튀김은 옆자리에 앉은 사람과 개수 차이가 나서 기분이 상할 정도였다. 아까 휴게소에서 사 먹은 커피 맛 요구르트가 그리울 지경이었다. 엄마의 얼굴에도 실망한 표정이 잠시 스쳐 지나갔다.

이탈리아에서 먹는 첫 번째 식사였건만, 완벽하게 망했다.

내가 사랑한
포지타노

다시 버스는 남부투어의 마지막 목적지인 포지타노를 향해 해안 절벽을 따라 신나게 달렸다. 어젯밤 로마에 도착해 잠도 제대로 못 자고 새벽부터 투어하느라 힘들 법도 한데, 엄마는 창밖에 금이라도 달려있는지 가는 내내 모든 풍경을 눈에 담느라 바빴다. 우리가 달린 길은 바로 내셔널 지오그래픽이 선정한 '죽기 전에 꼭 가봐야 할 곳 1위'인 아말피 해안도로. 역시나 아말피 해안은 엄마가 창문에 시선 고정할 만큼 멋진 곳이었다.

내가 포지타노를 처음 방문했던 때는 겨울이었다. 12월의 포지타노는 가게 문도 거의 닫은 썰렁한 시골 마을이었다. 하지만 지금은 5월! 5월의 포지타노는 명성 그대로 세계적인 휴양지다웠다. 마을 입구부터 활기찬 분위기가 느껴져 마음이 들떴다.

　포지타노는 이탈리아에서 내가 제일 좋아하는 곳이다.

　몇 년 전, 서점에서 우연히 포지타노 풍경 사진을 표지로 쓴 여행 잡지를 발견했다. 아름다운 지중해 절벽에 지어진 알록달록한 집들에 홀딱 반해 여길 가겠노라 결심했었다. 그리고 얼마 후, 여동생과 함께 겨울의 포지타노를 찾아왔었다.

　한 장의 사진으로 장소를 상상하고 직접 그곳에 가서 상상 속의 모습을 확인하는 즐거움은 크다. 그것이 여행을 떠나게 하는 원동력이 되기도 한다. 사진을 보며 '언젠가 나도 저곳에 꼭 가봐야지'하고 상상 하는 순간의 그 두근거림이 좋았다.

　나는 여행할 때 머물렀던 도시가 마음에 들면 두 번이고 세 번이고 기회가 될 때마다 여러 번 오는 편이다. 특히 올 때마다 같은 장소에서 같은 포즈로 사진 찍는 것을 좋아했다.

　"엄마, 나 저기서 사진 한 장 찍어줘. 이 사진 보고 똑같이 찍어주면 돼."

같은 포즈로 몇 십 장이나 찍었지만 어느 하나 마음에 드는 사진이 없어 괜히 엄마에게 짜증이 났다.

"이렇게 말고 이런 식으로 찍어야지."

"내 핸드폰이랑 달라부난 잘 안 눌러지맨. 다른 사람한테 부탁해서 찍어부러."

딸의 짜증에 엄마가 조금 의기소침해졌다. 사진이 뭐라고 또 엄마한테 툴툴댄 걸까? 엄마가 찍어준 사진이 마음에 들지 않았던 건 과연 엄마의 촬영 실력 탓이었을까? 솔직하게 말하자면 현재의 내 모습이 과거 사진 속 내 모습과 다른 데서 오는 불편함 때문이었다.

머리 길이가 그때와 달라졌고 살이 쪘으며 그날의 기분과 그날의 스타일과 그날의 날씨 등 모든 것이 현재와 달랐다.

과거는 돌이킬 수 없고 붙잡을 수 없다. 나는 조금씩 더 빠르게 변해가는 중이다. 그것을 확인하는 일은 생각보다 씁쓸하고 불안한 일이었다. 같은 장소에서 같은 포즈로 사진을 찍는데도 전혀 다른 사진이 나오는 것을 보자 크게 현타가 온 것이다.

'그래, 엄마를 탓하지 말고 내 얼굴을 탓하자.'

지난번에는 여동생과 함께, 이번에는 엄마와 함께 내가 제일 좋아하는 장소에 두 번이나 여행 온 건 큰 행복이다. 그럼에도 이 순간을 즐기지 못하고 사진에만 집착하고 있었던 나자신이 조금 창피해지기 시작했다. 금세 엄마에게 미안한 마음이 들었다.

"엄마, 나랑 같이 찍자. 저희 사진 좀 찍어주세요!"

사실 포지타노에서는 어디서든 막 찍어도 작품이 된다. 모여행 프로그램에서 유민상 씨가 유행시킨 표현처럼 '포지타노는 그야말로 장관이자 절경이며 신이 주신 선물'이니까.

사랑하는 엄마와 사랑하는 포지타노에서 함께 찍은 사진들. 얼굴이 못생기게 나오면 어떻고, 포즈가 마음에 안 들면 또어떤가. 엄마와 함께 내가 한 프레임 안에서 웃고 있다는 게중요하지! 순식간에 사라질 순간을 사진으로나마 남겨본다. 엄마와 나는 포지타노의 그 찬란하고 활기찬 분위기 속으로더 깊이 빠져보기로 했다.

골목 사이사이마다 계단을 따라 자리 잡은 아기자기한 상
점들이 눈에 들어왔다. 식당 안에서 해산물 튀김에 레몬맥주
를 마시며 춤을 추는 사람들, 햇살 아래서 해수욕을 즐기는
사람들로 가득 찬 해변. 포지타노의 먼지 하나, 공기 한 줌까
지도 한국으로 돌아가면 간절히 그리워질 것이다.

집결 시간까지는 앞으로 10분! 포지타노에는 어느덧 해가
저물고 있었다. 이제 남부투어를 마치고 다시 로마로 돌아갈
시간이었다.

"엄마, 마지막으로 지중해에 손 한 번 담가봐. 제주도 바다랑 다를 수도 있잖아."

"바다가 다 똑같지게. 제주도 함덕이나 협재보다 더 예쁜 데는 어실거라(없을 거야)."

말은 그렇게 하면서도 엄마는 종종걸음으로 걸어가 살포시 지중해에 손을 담갔다.

5.4.3.2.1 액션!

"악! 나 젖어부런. 너 때문이네. 괜히 만져보랜해서."

억울하다. 나는 해변으로 걸어가는 엄마의 뒷모습을 동영상으로 촬영하고 있었을 뿐인데!

손만 살짝 담가보려던 엄마는 파도에 신발을 왕창 적셔버렸다. 깔깔깔. 환갑 넘은 엄마가 소녀처럼 웃었다. 오늘도 나는 엄마 때문에 웃는다.

8,970km를 날아간
옥수수 수염차

"엄마, 어디 선보러 가? 앞머리 뽕이 너무 심한 것 아니야?"

"어떵(어때)? 이상해? 처음 해보난 잘 안 되맨. 너가 해봐봐."

엄마는 남부투어보다 로마 시내투어가 한껏 더 기대되는 모양이었다. 내 앞머리용 헤어롤로 이리저리 머리를 매만지는 모습을 보며 엄마의 들뜬 마음을 눈치 챘다.

로마 시내투어를 담당하기로 한 가이드는 김정미 여행사의 대표이자 딸 김정미. 로마 시내 만큼은 자신 있었다.

자기 전에 핸드폰으로 지도를 보며 오전 일정은 '콜로세움-

포로 로마노-팔라티노 언덕-진실의 입-대전차 경기장' 순으로 동선을 짜두었다.

가이드로 변신 완료! 한껏 치장한 엄마와 함께 콜로세움으로 출발했다.

콜로세움 안으로 들어가기 전, 인증 사진을 제대로 남기기 위해 유명한 포토존을 찾았다. 콜로세움은 어디서나 잘 보이지만 특별히 잘 찍히는 포인트가 있다. 지하철 콜로세움역에서 나와 첫 번째로 보이는 레스토랑 앞 담벼락! 이곳이 바로 김정미 여행사에서 추천하는 베스트 포토존이다. 이곳에서 사진을 찍으면 할머니 할아버지가 될 때까지 꺼내 볼 수 있는 '콜로세움 인생 사진'을 남길 수 있다. 찰칵!

"어머, 웬일이야. 정미야! 잡지 사진 같아."

"엄마, 거짓말 좀 하지 마. 어디 봐봐. 이건 좀 잘 나왔네."

한참 엄마의 기분 좋은 거짓말에 속는 척 사진을 찍고 있는데, 아 깜짝이야!

누가 내 손목을 잡았다. 화들짝 놀라 옆을 보니 아주 예쁜 (나보다 10살은 어려 보이는) 이탈리아 미녀가 싱긋 웃으며 말을 걸었다. 얘, 뭐라니.

이탈리아어로 친절히 말하는 것 같은데 당연히 나는 하나도 알아듣지 못했다. 그러자 옆에 있던 또 다른 여성이 다가와서 냉큼 엄마 손에 들고 있던 옥수수 수염차를 냅다 빼앗는 게 아닌가.

그렇다면 왜, 어떻게, 지금 여기, 엄마의 손에 한국산 옥수수 수염차가 들려 있는 것일까? 그 이유를 알려면 며칠 전으로 거슬러 올라가야 한다.

엄마는 한국을 떠나오기 전 캐리어에 짐을 쌀 때 제일 먼저 옥수수 수염차와 삼다수를 한가득 챙겨 넣었다.

"엄마, 이탈리아에도 물 팔아."

"물 사 먹는 거 아깝네. 맛도 다르면 어떵(어떻게) 할거? 내가 마실 물은 내가 알아서 챙기크라(챙길게)."

좋다. 생수마다 물맛이 조금씩 다른 건 인정한다. 평생 제주도에 살면서 삼다수만 마셔온 우리 엄마. 그렇다고 정말 눈을 가리고 생수 블라인드 테스트를 한다면 삼다수를 가려낼 수 있을 것인가? 설마 그 정도는 아닐 것이다. 그런데도 부득이 그 무거운 물을 챙겨가겠다는 엄마의 고집을 누가 말릴 수 있을까. 엄마를 위해 특별히 호텔로만 예약했건만 엄마는 우리가 묵을 숙소에 혹시라도 생수가 없을 수도 있다는 의심을 거두지 않았다. 아침마다 약을 챙겨 먹으려면 물은 무조건 있어야 한다는 핑계를 대며 캐리어 안에 제주 삼다수와 옥수수 수염차를 주섬주섬 채워 넣었다. 그리하여 우리는 캐리어에 물까지 넣어오게 된 것이다. 그러니 지금 여기 이탈리아 로마 한복판에서 한국산 옥수수 수염차가 엄마 손에 들려 있는 건 전혀 이상한 일이 아니었다.

그렇게 서울에서부터 무려 8,970km를 날아온 옥수수 수염차를 이탈리아 여성에게 빼앗기는 장면을 눈앞에서 봤으니 놀랄 수밖에. 엄마의 옥수수 수염차를 빼앗은 그녀는 재빨리 엄마의 손에 시원한 탄산음료를 쥐어주었다.

'응? 이게 무슨 시추에이션이지? 내가 미처 파악하지 못한 신종 사기 수법인가? 일단 뚜껑을 따고 마시게 한 뒤 돈을 내라고 하는 건가?'

나는 빼앗긴 옥수수 수염차를 잽싸게 다시 빼앗아오며 아주 크게 말했다.

"노우No!!"

미안하지만 필요 없다고, 됐다고 하고선 엄마의 손을 탁 낚아채 쌩 돌아섰다. 그런데 그때, 딱 한마디가 귓가에 꽂혔다.

"이츠 프리It's Free!"

엥? 공짜라니? 왜 때문에 음료수가 공짜란 말인가. 주변을 둘러보니 그녀들은 새로 출시되는 라임 맛 탄산음료를 홍보하고 있었고 나는 미처 뒤에 있던 홍보 매대는 보지 못한 채 그녀들의 얼굴만 보고 오해했던 것이다. 아마도 그녀는 내가 자신의 말을 알아채지 못하자 5월 햇살에 맨도롱해진(따뜻해진) 엄마의 옥수수 수염차를 시원한 음료로 바꿔주겠다는 제스처를 했던 것 같다.

이미 길거리의 다른 여행객들 손에도 시원한 홍보용 음료가 들려 있었다.

"아뿔싸! 미안해요. 당신들이 너무 예뻐서 제가 오해를 했네요."

옥수수 수염차에 대한 집착과 이탈리아 소매치기에 대한 과도한 경계가 부른 참극이었다. 덕분에 시원하고 맛있는 음료수를 얻었지만! 언어가 짧으면 어디서든 몸이 고생하고 쪽

팔림이 열일하기 마련이다. 괜찮다. 음료수는 시원했고 옥수수 수염차는 아직도 많으니까.

내가 핸드폰을
바꾸는 이유

"저 사람들 다 콜로세움 보러 완? 우리도 빨리 와신디, 언제 부터 줄 서신가이(줄을 섰을까)?"

콜로세움 입구에 도착하자마자 엄마는 생각보다 웅장한 규모에 놀라고, 입장권을 사기 위해 길게 줄을 선 사람들을 보고 또 한 번 놀랐다.

이탈리아하면 로마요, 로마 하면 콜로세움 아닌가! 특히 콜로세움은 엄마가 홈쇼핑을 보며 가보고 싶다고 나에게 사진 찍어 보낸 곳이라 유독 신경이 쓰였다. 실망시키지 말아야 할 텐데.

김정미 여행사를 이용하는 단 한 명의 고객에게 '5월 성수기에 입장권을 사기 위해 줄을 서게 하지는 말 것'이라는 특급 서비스를 제공하기 위해 나는 한국에서 미리 콜로세움 통합권을 예매해왔다.

콜로세움 통합권은 콜로세움과 포로 로마노 그리고 팔라티노 언덕에 모두 입장할 수 있는 통합 티켓이다. 온라인 공식 홈페이지를 통해 예약 시에 2유로의 수수료가 추가되지만 긴 줄을 서지 않고 빠르게 입장할 수 있어서 나는 2유로에 시간을 사기로 했다.

"너 새치기하지 마. 누가 보면 국제적 망신이야."

"엄마, 우린 줄 안 서도 돼."

입장권을 사기 위해 줄 선 사람들 옆으로 들어가 보니 패스트 트랙 입구가 보였다. 미리 인쇄해 온 종이 통합권 바코드를 찍고 무사 통과! 빠르게 콜로세움 내부에 들어오자 엄마가 놀라는 눈치다.

"미리 한국에서 예매해 왔지. 언제 기다려서, 언제 티켓 사고, 언제 구경할래?"

"김정미 최고!"

"아까는 새치기하지 말라며?"

엄마는 내 말은 귓등으로 들은 채 씩씩하게 돌계단을 걸어 2층으로 올라갔다.

"영(이렇게) 큰거 처음 보맨."

2층 내부에 들어서자마자 엄마는 눈앞에 펼쳐진 콜로세움의 엄청난 규모에 압도당한 듯했다.

엄마는 제주도에서 살면서 아시아 지역을 짧게 여행 다녀온 것뿐, 유럽은 처음이었다. 강원도나 부산, 심지어 수학여행의 핵심인 경주조차도 제주도에 사는 엄마에게는 너무나 먼 곳이었다. 아빠의 부재 이후 엄마는 더 바쁘고 고단하게 사셨다. 자식들은 비싼 옷을 입히고 좋은 것만 먹이면서도 당신은 흔한 금반지 하나 없이, 아니 만 원짜리 티셔츠 한 장 새로 사는 법 없이 자식만 바라보고 열심히 사셨다. 그런 엄마가 행복한 미소를 지으며 말했다.

"제주도 촌년이 이탈리아까지 와그냉(와서) 콜로세움 봐시난 출세했쪄이(출세했다!)"

왜 진작 엄마랑 이 넓은 세계 속으로 함께 오지 않았을까. 세상은 이토록 넓은데, 제주도라는 우물에 갇혀 60평생을 사셨을 엄마에게 미안한 마음이 들었다. 나 혼자 유럽 여행은 겁도 없이 잘도 다녔으면서 엄마와 함께하는 여행은 매번 '다음으로' 미루기만 했다. 환갑 기념이라는 이름표를 달고 나서야 겨우 뒤늦게 왔으니 아무래도 엄마는 딸을 허투루 키웠나 보다.

콜로세움은 이탈리아 로마의 중심지에 위치한 고대 로마 시대의 건축물이다. 검투사 경기나 서커스 관람 등을 하는 용도로 만들어진 이탈리아의 가장 큰 원형극장. 5만 명에서 최대 7만 명까지 대규모 인원을 수용하는 경기장임에도 불구하고 각 층, 각 구역 별로 입장과 퇴장하는 게이트가 따로 있어서 30분 내외로 관람객 전원이 입퇴장을 할 수 있었다고 한다.

인기 가수의 콘서트라도 갈 때면 입퇴장 시 관객이 몰려 출입구마다 아비규환일 때가 많은데, 새삼 고대 로마인들의 지혜와 기술력에 감탄하게 되었다.

"엄마, 콜로세움 뜻이 뭔지 알아? '거대하다'라는 뜻이래."

"엄마, 여기는 원형 경기장인데 검투사들이 대결하거나 공연하는 곳으로 쓰였대."

"엄마, 서울에 있는 상암 월드컵 경기장이랑 규모 비슷하지?

"제주도 촌년이 이탈리아까지
와그냉 콜로세움 봐시난
출세했쪄이"

최대 7만 명이나 들어올 수 있었다고 하니까 엄청 넓은 거야."

"대단하다이. 근데 벌써부터 막 더운게. 모자 써야 되크라
(되겠어)."

가이드의 설명이 미덥지 않은 건지, 설명 따위 아예 관심 없는
건지 엄마의 대답이 영 시원치 않다. 인터넷에서 커닝한 설명은
한 줌조차 안 되는 먼지가 되어 로마 하늘 어딘가로 사라졌다.

나는 가이드로서 더 이상의 설명은 생략하고 딸로서의 임무
를 다하기 위해 핸드폰을 꺼냈다. 아침부터 헤어롤을 한 보람
도 없이 모자를 써버린 엄마의 뒷모습을 동영상으로 촬영 시
작! 엄마는 동영상 촬영이 낯선지 자꾸 카메라를 의식하며 손
가락으로 브이 자를 만들어 흔들었다. 드라마에서 처음 연기
하는 신인배우도 아니고 카메라는 왜 자꾸 쳐다보는 건지. 엄
마, 그러면 통편집이야!

나는 여행을 오기 전에 핸드폰을 새로 샀다. 가족들과 함께
찍은 어린 시절 사진 속에는 항상 아빠가 없었다. 아빠는 늘 카
메라 프레임 밖에서 엄마와 나와 동생들을 찍어줬을 것이다.

주변에서 부모님을 먼저 보낸 사람들이 항상 했던 말이 있다.

'부모님의 동영상을 많이 찍어놓으세요. 보고 싶을 때 사진

은 보면 되는데, 목소리가 듣고 싶을 땐 어떻게 해야 할지 모르겠더라고요.'

아빠가 돌아가신 지 십 년이 지나자 그 말이 사무치게 와닿는다. 요즘 난 아빠의 목소리와 얼굴이 조금씩 희미해진다. 아빠가 너무나 그리운데 선명하게 떠오르질 않을 때면 두고두고 미련이 남는다. 이럴 때 아빠 모습이 담긴 동영상이 있었더라면 얼마나 좋았을까!

이러한 이유로 이번 여행의 내 목표는 엄마의 사진과 동영상을 많이 찍는 것이 되었다. 사진이 좀 더 선명했으면, 동영상을 좀 더 길게 찍을 수 있었으면, 좀 더 많은 양을 저장할 수 있었으면…. 자꾸 욕심내다 보니 핸드폰까지 최신 기종으로 바꾸게 되었다.

지금 이 순간 콜로세움 앞에서 감탄하는 엄마의 모습을 전부 다 기억할 수는 없을 테니까 대신 나는 동영상으로 찍어두기로 했다. 사진이 아니라는데도 엄마는 자꾸 브이를 그리며 서툰 포즈를 취하며 웃는다. 자연스럽게 하면 된다고 아무리 말해도 어색하기 짝이 없다. 그러나 그게 엄마다. 모든 게 처음인 순수한 우리 엄마의 모습이다.

엄마의 상기된 목소리도, 엄마의 들뜬 발걸음도, 엄마가 아침에 헤어롤로 완성한 70년대 헤어스타일도 전부 핸드폰 카메라에 담았다.

언젠가, 지금 찍는 이 사진과 동영상을 꺼내 보고 싶은 순간이 분명 찾아오겠지. 그때는 콜로세움에서의 엄마가 얼마나 또 그리울까.

로마를 지붕 없는 박물관이라고 했던가. 발길 따라 걷다 보니 진실의 입이 있는 산타 마리아 인 코스메딘 성당 앞에 도착했다. 진실의 입은 성당 입구 벽면에 위치한 대리석으로 만들어진 가면 조각상으로 지름 1.5m, 무게는 무려 1300kg이나 된다. 현재까지 정확한 용도는 확인되지 않았지만 하수도 뚜껑으로 사용됐을 것으로 추측하고 있다. 진실의 입이라는 명칭은 중세 시대부터 '거짓말을 한 자는 이 조각의 입에 손을 넣어서 잘려도 좋다'라는 서약을 한 데에서 유래했다고 한다.

"엄마, 여기가 진실의 입이야."

"이게 뭔데?"

"영화 〈로마의 휴일〉에서 오드리 햅번이 여기에 손 넣으려다가 남자 주인공 손이 잘린 줄 알고 놀란 표정을 짓잖아."

"오드리 햇반?"

"아니! 오드리…."

아니다. 괜찮다. 까짓 오드리 햅번 좀 모르면 어떠랴. 여기가 로마이고 엄마와 내가 여기 함께 있고, 지금 엄마는 행복한데. 엄마에게 진실의 입에 손을 넣고 거짓말을 하면 손이 잘린다고 설명해줬더니 엄마가 제법 오드리 햅번과 비슷한 표정을 지었다.

"자, 엄마 찍는다. 하나 둘 셋!"

오드리 햇반 같은 표정의 엄마를 카메라에 가득 담았다.

3부

이탈리아산 신발이
단돈 10유로

제주도에는 올레길이 있다. '올레'는 제주 방언으로 좁은 골목을 뜻하며, 통상 큰길에서 집 앞 대문까지 이어지는 좁은 길을 말한다. 제주도에서 나고 자란 내 입장에서는 올레길 도보 여행이 잘 이해가 되지 않았다.

'구경할 것 하나 없는, 그야말로 남의 집 앞 골목을 왜 걸으려고 하는 거지?'

이 의문은 로마에 와서야 비로소 풀렸다. 호텔에서 나와 트레비 분수로 가는 길, 로마 골목골목을 구경하는 일은 재밌었다. 창문에 걸린 빨래도, 테라스에서 신문을 보거나 기타를 치는 사람도, 영화에서나 나올 법한 대문도 멋졌다. 아, 로마에도 올레길이 있구나!

그야말로 남의 집 앞 골목을 걸어 다니는 올레길 도보여행의 참맛을 새삼 알게 되었다. 고로 '남의 집 앞 골목은 구경할게 하나도 없다'는 내 생각은 틀렸다.

민폐만 끼치지 않는다면, 소박한 삶이 담긴 골목길 구석구석을 걸어보는 게 얼마나 큰 여행의 묘미인지 이제는 알겠다. 로마의 올레길. 골목에서 골목으로 이어진 일상의 길. 누군가는 매일매일 오고 갈 하루의 길. 친구가 불쑥 같이 놀자고 뛰어나올 것만 같은 골목길은 어떤 관광지나 유적지보다 마음에 오래 남았다. 제주 올레길도, 로마 골목길 여행도 숱한 이야기를 담을 수 있는 아주 특별한 여행임에 틀림없다.

"시간 괜찮으면 저기 구경하고 가도 돼?"

엄마가 물었다. 당연히 시간은 괜찮다. 안 괜찮을 리가 없지 않은가. 우리는 돈보다 시간이 많은 여행객이고 김정미 여행사의 고객은 오직 엄마뿐이니까!

트레비 분수로 가는 골목에 작은 마켓이 열렸다. 그래봐야 작은 가게 열 개 남짓이지만 엄마는 내 대답도 듣지 않고 시장 구경에 나섰다. 한국에서는 과일을 잘 먹지도 않는데, 외국에 오면 왜 이렇게 과일이 맛있어 보이는 걸까. 내가 공연히 과일 가게 앞을 서성거릴 때, 엄마는 제일 마지막 가게 앞에서 우뚝 멈춰 섰다.

"이거 전부 10유로라는 말 맞지?"

테이블 위에는 사이즈별로 각양각색의 신발이 쌓여있고 손님들이 신발을 자유롭게 신어보고 있었다. 나는 과연 이 신발들이 진짜 10유로가 맞나 의심스러워서 주인으로 보이는 남자에게 확인해보았다. 심지어 메이드 인 이탈리아라니.

"여기에 있는 신발 전부 10유로 맞나요?"

"그럼요."

"엄마, 10유로 맞대. 골라봐."

엄마의 눈이 반짝였다. 엄마의 신발 사이즈는 235mm. 유럽 사이즈는 36.5가 맞을 것이다. 엄마는 큐빅이 박혀있는 운동화를 집더니 냉큼 발부터 욱여넣었다.

"엄마, 누가 봐도 사이즈 작아 보이지 않아? 사이즈부터 확인해야지."

"가만히 서 있지 말고 엄마 사이즈 좀 찾아봐."

나는 엄마 사이즈를 찾아내 신데렐라 동화책 속의 왕자님처럼 무릎을 꿇고 운동화 끈을 풀어 엄마의 발에 신겨줬다. 딱맞았다.

"이거 사가도 돼? 캐리어에 짐 많으면 안 사고…."

엄마는 조심스레 내 눈치를 보며 말했다. 캐리어에는 딸내미가 사둔 세상 쓸데없는 로마 스노우볼이 들어있었다. 세계각국의 스노우볼 사 모으기는 나의 고급진 취미생활이다. 게다가 신문지로 얼마나 감쌌는지 옥상에서 떨어뜨려도 깨지지않을 정도로 튼튼하고 거대하게 포장되어 캐리어에 떡하니 한자리를 차지하고 있었다.

10유로짜리 신발 한 켤레 사면서 딸내미 눈치 보는 엄마라니…. 아직 대답도 못했는데, 엄마는 재빨리 말을 보탰다.

"캐리어 안에 넣을 데 없으면 내가 보조가방에 들고 다니크라."

아니 어머니, 이미 계산까지 끝낸 딸을 왜 불효녀로 만드시나요. 신발 한 켤레쯤이야 캐리어에 없는 자리도 만들어드려야지요.

신발 상자는 쿨하게 필요 없다고 하고선 하얀 비닐봉지에 신발 한 켤레를 들고 걸어가는 엄마의 발걸음이 구름 위를 걷는 듯 가벼워 보였다.

엄마에게 로마는
○○이다

　일 년 반 전 여동생과 같이 왔을 때 트레비 분수는 한창 보수 공사 중이었다. 오들오들 추위에 떨며 찾아왔다가 대형 공사판만 보고 돌아갔었는데, 이번엔 보수를 끝낸 트레비 분수가 엄청난 위풍을 뽐내고 있었다.

　세계에서 가장 유명한 분수이자 콜로세움과 함께 로마의 대표 명소인 트레비 분수. 이곳에 동전을 던져 넣으면 다시 로마에 오게 된다는 속설 때문에 많은 사람들이 분수 안으로 동전을 던지고 있는 모습을 볼 수 있다.

　"자 엄마, 트레비 분수에 왔으면 무조건 동전을 던져봐야

해!"

동전 하나를 꺼내 엄마에게 쥐어줬다. 가장 싼 동전을 건네면서도 이 와중에 돈이 좀 아까웠다. 그래! 관람료라고 치자.

트레비 분수 앞은 소매치기들의 집합소로 악명이 높다. 나는 잔뜩 예민해져서 경계태세를 늦추지 않았다. 혹여라도 누구 하나 얼씬하면 단호하게 셀카봉으로 내려칠 기세로 엄마의 사진을 찍었다. 내가 하도 겁을 준 탓인지, 엄마 역시 모든 여행객들을 소매치기로 의심하며 새 신발이 담긴 비닐봉지를 소중히 끌어안고 동전을 던졌다. 아무도 우리 모녀를 신경 쓰지 않았겠지만 우리의 표정과 행동은 참으로 가관이었다.

'어후, 한껏 긴장했더니 얼굴이 돌하르방처럼 경직됐네.'

더는 이곳에서 여행객의 기분을 만끽할 여유가 없었으므로 엄마의 암묵적인 동의하에 서둘러 트레비 분수를 빠져나와 판테온으로 이동했다.

판테온에서는 드디어 아마추어 가이드가 활약할 시간이었다. 메모장에 저장해둔 얕은 지식을 뽐내기 시작했다.

"엄마, 여기가 판테온이야. 그리스어로 '모든'을 뜻하는 '판Pan'과 '신'을 뜻하는 '테온Theon'이 합쳐진 거래. 모든 신들을 위한 신전, 오케이?"

"응."

"입구에 저 기둥들 보이지? 화강암으로 만들어진 건데 총 16개 기둥이래. 옛날에는 신전으로 사용되다가 요즘엔 성당으로 사용되고 있나 봐. 내부에는 창문이 없어. 대신 천장에 있는 엄청 큰 구멍 하나로 햇빛이 들어온다니까 안으로 들어가서 확인해볼까? 천장이 뚫려 있는데도 비가 안 들어온대."

"기이(그래)?"

"잠시만, 화가 라파엘로 이름 들어봤지? 여기 어디에 무덤이 있는데…. 저기 있다! 엄마, 내 말 듣고 있어?"

"여기 잠깐 앉았다 가게."

잠깐! 앉고 싶은 이유가 이거였어? 엄마는 판테온 내부에 마련된 의자에 앉자마자 로마 골목길에서 산 신발을 슬그머니 꺼냈다. 휴식은 핑계였다.

어린이날 새 운동화를 선물 받은 아이처럼 엄마는 그냥 보고만 있어도 좋은가보다.

"정미야! 송미한테 운동화 사진 찍어서 보내봐."

"아니 왜? 별로라고 하면 환불할 것도 아니면서."

"뭐라고 할지 궁금하네."

동생에게 냉큼 문자메시지를 보냈고, 답을 기다렸다.

동생아, 알지? 너의 대답은 정해져 있다.

"예쁜 거 잘 샀대."

역시, 척하면 척이다.

"기이(그래)? 그냥 제일 위에 있는 거 골라신디이. 잘 산 거
닮아(같아)."

"나도 그중에 이게 제일 예뻤어."

누가 보면 난생처음 운동화 사는 줄 알겠네. 딸내미들이 계
절마다 행사 때마다 새 신발을 사드린 것 같은데 이제 와 그
런 건 다 소용이 없었다. 엄마는 로마에서 직접 고른 운동화가
꽤나 마음에 든 모양이었다. 방금 우리가 트레비 분수를 지나
왔는지 말았는지, 판테온이 뭐하는 곳인지는 1도 관심이 없었
다. 하지만 뭐 괜찮다. 이유가 어떻든 엄마가 기뻐하면 그걸로
된 거니까.

판테온에서 나와 영화 〈로마의 휴일〉 촬영 장소로 유명한 스페인 광장으로 향했다.

"여기는 로마인데 무사(왜) 이름이 스페인 광장?"

역시, 이 질문이 나올 줄 알았지. 메모장을 보며 미리 검색한 내용을 읽어줬다.

"이곳에 스페인 대사관이 있어서 스페인 광장이라고 부르는 거래. 엄마, 여기서 젤라토 하나 먹을까?"

"아니, 나 이 꽃 앞에서 사진 한 장 찍어줘."

네네, 여부가 있겠습니까요. 엄마의 전담 가이드이자 사진사인 딸은 재빨리 심혈을 기울여 요리조리 포즈를 취하는 엄마의 사진을 찍었다. 스페인 광장에는 트리니타 데이 몬티 교회로 이어지는 스페인 계단이 있는데, 이 계단에 앉아 오드리 햅번처럼 젤라토를 먹어야 필수 인증샷이 완성된다. 하지만 엄마는 젤라토보다 꽃이 더 좋단다. 부모님과의 여행에서는 아무리 '꼭 해봐야 하는 머스트 두'가 있어도 다 소용없다. 오직 '부모님이 하고 싶은 머스트 두'만 가능할 뿐.

5월의 로마 하늘과 예쁘게 핀 꽃들이 어우러져 마치 여의도 벚꽃축제에 온 기분이었다. 어디에선가 장범준의 '벚꽃엔딩' 가사가 들리는 것 같은 착각이 들었다. 스페인 광장 분수 앞에 닭꼬치나 솜사탕 파는 리어카만 있으면 딱인데, 아쉽다.

스페인 광장을 끝으로 엄마를 위한 일일 로마 시내투어가 종료되었다.

"엄마, 로마 시내관광은 여기까지. 어땠어?"

"100점이야. 남부투어보다 훨씬 좋다."

"신발을 사서 그런 건 아니고?"

"......"

어머니! 왜 아니라고 대답을 안 하시나요.

로마 시내투어는 종료됐지만 엄마와 나는 호텔이 아닌 테르미니역 방향으로 걸어갔다. 아직 가이드에게는 마지막 히든카드가 남아있습니다요!

로마 하면 젤라토, 젤라토 하면 역시 로마가 아닌가! 테르미니역 앞에는 로마의 3대 젤라토 맛집 중 가장 유명한 '파씨 G.FASSI'라는 가게가 있다. 1880년부터 시작해 무려 140년이 넘은 가게로 3가지 맛을 골라도 2유로다. 먼저 카운터에서 계산을 하고 영수증을 보여주면 원하는 맛을 고를 수 있으며, 마지막에 생크림을 올릴 건지 물어보는데 취향에 따라 선택하면 된다.

"안녕하세요. 쌀 맛있어! 리조 베리 굿!"

얼마나 많은 한국 관광객이 왔다 갔는지 점원은 친절하게 한국어로 인사를 하며 가장 대표적인 쌀(리조)맛 젤라토를 추천해주었다. 엄마는 그림으로 맛을 유추하며 진열대에서 한참을 골랐다. 엄마가 픽Pick한 젤라토는 가장 유명한 쌀(리조)맛과 피스타치오 맛과 멜론 맛.

"아까 스페인 광장에서 오드리 헵번처럼 먹었어야 했는데! 아쉽네. 맛있어? 엄마?"

"한국에서 먹는 아이스크림하고 좀 다른 것 같기도 하고. 역시 쌀 맛이 맛있네."

엄마의 첫 젤라토는 성공이다.

물론 엄마에게 로마는 콜로세움, 판테온, 젤라토보단 10유로짜리 신발로 기억될 테지만 말이다.

모녀 싸움에
방귀가 미치는 효과

어쩐지 운수가 좋은 날이었다. 여행 와서 느긋하게 늦잠을 잤다. 로마에 도착하자마자 남부투어에, 로마 시내 도보여행까지 바쁘게 움직였다. 여유 없이 너무 빠듯하게 일정을 짠 것 같아 엄마의 컨디션을 위해 오전 일정을 비워둔 참이었다.

이미 시차 적응을 완벽하게 끝낸, 심지어 아침잠마저 없는 엄마는 조용히 단장까지 마치고 침대 모서리에 걸터앉아 계셨다.

"엄마, 오늘은 천천히 나가도 돼. 오후에 바티칸 투어만 예약해놨어."

"아침 안 먹을거?"

"엄마만 내려갔다 와. 난 조금 더 잘래."

"너 안 가면 나만 어떵(어떻게) 가나. 나도 안 먹잰."

"엄마는 약 먹어야 하잖아. 알았어. 세수만 하고 같이 내려가자."

나의 늦잠은 엄마의 아침 약 공격으로 끝이 났다. 고양이 세수만 하는 척하고 조식을 먹으러 호텔 1층 식당으로 내려갔다.

"나 어제부터 똥 못싼."

밥 먹는데 똥이라니.

"믹스커피 가져왔으니까 방에 가서 타줄게. 나는 아침에 믹스커피 마시면 무조건 화장실행이야. 엄마, 일단 요구르트라도 많이 먹어봐."

생각해보니 〈꽃보다 누나〉 촬영장에서도 비슷한 일이 있었다. 여행 3일 차가 되어서도 화장실을 못 가 고생한 윤여정 선생님은 놀라운 비유로 명언을 남기셨다. 예정일이 지났는데 아기가 안 나오는 것 같다고. 이후 이미연 언니가 타준 커피와 함께 변비약을 복용하셨는데, 각고의 노력 끝에 화장실에 가셨던 웃픈 에피소드가 기억났다.

그나저나 우리 엄마도 커피와 약의 힘을 빌려야 할 텐데, 변비약은 없으니 일단은 커피부터 원샷!

요구르트에 믹스커피까지 먹었지만 화장실 소식이 없는 엄마를 데리고 일찌감치 시내로 나갔다. 지하철을 타고 바티칸 성당이 있는 오타비아노역으로 이동했다. 바티칸 시국을 제대로 즐기기 위해서는 아마추어 가이드인 나보다는 전문 가이드가 백번 나을 것이라고 판단해 여행사를 통해 오후 투어로 예약해두었다. 특히나 오늘만큼은 성당에 다니고 있는 엄마가 기대하고 있는 장소였기 때문에 인터넷에서 커닝하는 어설픈 설명보다는 전문적인, 게다가 쉽고 재미있는 프로 가이드의 설명이 절실했다.

오타비아노역에 도착했다. 아직 투어를 시작하려면 한 시간이나 더 남았는데 어쩌지.

"이탈리아는 젤라토 맛집보다는 립스틱 맛집이야. 키코 매장 보이면 무조건 들어가서 립스틱 쓸어와."

이탈리아에는 키코KIKO라는 화장품 가게가 있는데 우리나라에는 아직 입점되지 않은 브랜드로 이탈리아 쇼핑리스트를 찾다 보면 자주 등장하는 이름이기도 하다. 곧 죽어도 립스틱 은 무조건 사 와야 한다는 (작년에 김정미 여행사의 도움을 받 아 이탈리아로 신혼여행을 다녀온) 친한 언니의 말이 생각났다.

"엄마, 여기 들어가 볼래? 선물사야 하잖아. 여기 립스틱이 괜찮대."

평소 화장을 즐겨 하지 않는 엄마와 나는 구경삼아 지하철 역 근처에 있는 화장품 매장에 들어가 보았다. 점원은 나를 발 견하자마자 오랜만에 손님이 들어온 듯 신나게 영업을 하기 시작했다.

"이것은 한정판이고, 이것은 너를 위한 색이야."

한정판이라는 말에 냉큼 집어 장바구니에 담을 뻔했지만, 엄마가 옆에 있었기 때문에 실패. 나와 마찬가지로 화장품에 별 관심이 없던 엄마는 2+1이라는 립스틱 가격표를 보더니 눈 빛이 달라졌다. 마트에서도 '2개 사면 1개 추가 증정' 행사 앞 에서는 장사 없다는데, 짠순이 엄마도 낚였다. 엄마는 평소 바 르는 색상과 비슷한 립스틱을 찾아낸 순간부터 누구누구의 선물을 사야 할지 고민하며 한 명씩 어울리는 색깔을 매칭해

나갔다.

이 브랜드는 평소 할인 행사도 많이 할 뿐더러 가성비가 좋아 어울리는 색상만 잘 고르면 돈 버는 거나 다름없다고 하던데 이 정도면 성공이다.

"이 색은 이모, 이 색은 작은엄마 사줘야겠다. 너도 하나 골라봐. 내 용돈에서 사줄게."

우리가 언제 내 용돈, 엄마 용돈 나눠서 썼던가. 여행 경비는 모두 내 지갑 안에 있는데 엄마가 사준단다. 엄마는 혼자만 고른 게 미안했는지 나에게도 테스트용 새빨간 립스틱을 발라보라며 쥐어줬다. 아, 엄마! 그 색깔 아니야!

결국 우리는 립스틱 맛집에서 여섯 개의 립스틱을 구매하고 흡족하게 다시 거리로 나왔다. 정말이지 흡족하게!

화장품 매장에서 나오자 바티칸으로 향하는 골목에는 관광객들로 가득 차 있었다. 세계적으로 한 해 동안 600만 명 이상의 사람들이 방문하는 바티칸이긴 하지만, 콜로세움에서도 보지 못한 훨씬 많은 인파에 하마터면 투어 집결 장소에 늦을 뻔했다.

투어 집결 장소에 도착하니 몇몇 한국인 여행객들이 먼저 와 있었다. 신혼부부 외에도 할머니를 모시고 온 손녀가 있었는데 고개를 살짝 숙이고 인사를 하니 할머니는 반갑게 웃으시며 말씀하셨다.

"엄마랑 딸이 여행을 왔나 봐. 미사는 잘 봤어요?"

"미사요?"

"오늘 아침에 교황님이 나오셔서 미사 했잖아. 나는 손녀가 데려다줘서 봤는데, 몰랐나 보네."

"진짜 교황님이 나오셔서 미사 드렸어요?"

"그럼요! 손도 흔들어주시고. 우리는 교황님 뵈러 로마에 왔잖아."

맙소사. 하느님 예수님 죄송합니다. 저는 입이 열 개여도 할 말이 없어요. 이탈리아에 두 번째 방문하는 나는 우쭐대는 마음으로 대충대충 일정을 짰던 것이다. 결국 매주 수요일 오전 10시마다 바티칸 성 베드로 대성당에서 교황님의 알현 미사가 진행된다는 사실을 놓쳐버렸다. 명백하게 나의 게으름에서 비롯된 실수였다.

마침 수요일이었고 심지어 오전에 우리에겐 아무런 일정도 없었다. 빈둥대며 늦잠을 자고 립스틱 맛집을 배회하면서도 나는 엄마와 함께 교황님을 뵐 생각은 전혀 못했던 것이었다. 바티칸 투어를 일찌감치 신청해놓고 검색조차 하지 않았으니 할 말이 없다.

할머니께서는 알현 미사는 오전 10시에 시작되지만, 8시에는 와야 자리 잡고 볼 수 있다며 다음 주에라도 꼭 한 번 참석해보라고 말씀해주셨다. 할머니, 저희 일주일 뒤에는 귀국해요.

엄마는 일생일대의 기회를 놓쳤다는 사실에 표정 관리가 안 됐다. 교황님이 집전하는 미사 시간 동안 우리는 호텔에서 뭉그적대고 있었다는 사실이 너무 속상했을 것이다. 그때부터 가이드가 와서 인원 체크를 한 후 바티칸으로 이동할 때까지 엄마는 말 한마디 하지 않았다. 그야말로 가시방석이었다. 그러다 엄마는 대성당 안으로 입장하자, 서운함이 한껏 묻어난 목소리로 입을 뗐다.

"오늘 진짜 미사하는 줄 몰란?"

"응. 교황님 못 봐서 서운해?"

"내가 언제 또 교황님 미사에 와보크냐(와보겠어). 아쉽네. 아침에 늦잠 자지 말고 여기 데려오지."

"엄마, 내가 일부러 안 온 게 아니잖아."

"다른 사람들은 미리 알아보고 미사 보러 여기까지 일부러 왔다는데, 우리는 아침에 할 일도 없었는데…."

"그럼 엄마가 알아보지 그랬어!"

아, 이건 아닌데! 기어코 엄마에게 화를 내고 말았다. 여행 중에 싸우지 말자고 비행기에서 두 손 맞잡고 약속하고 왔건만, 1차 모녀 전쟁이 발발해버렸다. 이게 '일'이었다면 백번이고 '죄송합니다'를 내뱉으며 상황을 해결하기 위해 애썼겠지만 엄마한테는 그게 참 안 됐다. 미안한 마음이 가득하면서도 죄송하다는 진심 어린 말 한마디 하기가 왜 이렇게 어려운 건지.

엄마의 아쉬움과 나의 섭섭함 때문에 우리 모녀는 있는 대로 신경이 날카롭게 곤두섰다. 늘 내가 참아왔다고 생각했지만, 돌이켜보면 참아준 쪽은 오히려 엄마였다. 비단 여행에서뿐만이 아니다. 평소 내가 화내고 짜증낼 때면 엄마는 늘 묵묵히 참아주었다. 엄마는 내 기분과 마음을 맞춰주는 데 도사였으니까. 그런데 이번만큼은 엄마도 서운한 마음에 나에게 한소리 했을 것이다. 왜 나는 오늘도 엄마가 참아줄 거라 생각

했을까.

엄마의 아쉬운 마음은 누구보다 잘 안다. 우리 집은 자매님과 형제님이 함께 사는 천주교 신자 집안이다. 만약 콜로세움 내부 구경과 교황님 미사 중에 하나만 고르라고 했다면 엄마는 무조건 교황님을 선택했을 테니까.

시간을 돌릴 수만 있다면 당장 아침으로 돌아가고 싶지만, 그럴 수야 없지 않은가.

'늦잠 자지 말고 검색이라도 해볼걸. 엄마 미안해.'

어렵지도 않은 이 말 한마디를 내내 입에 물고만 있다가 끝내 하지 못했다.

바티칸 시국은 반일투어도 시간이 모자랄 만큼 작지만 엄청난 나라다. 수많은 그리스도인이 순교했던 장소로도 유명하다. 예수님의 가장 큰 제자 베드로도 이곳에서 거꾸로 십자가형에 처해졌다고 한다.

바티칸에서 가장 중요한 곳인 성 베드로 대성당 안에는 미켈란젤로가 유일하게 서명을 남긴 피에타상이 있으며, 시스티나 성당에는 교황 율리우스 2세의 명을 받아 미켈란젤로가 완성한 (우리에게는 '천지창조'라는 이름으로 알려진) 천장화, 그리고 최후의 심판이 있다. 천재 예술가 미켈란젤로의 걸작이 이곳에 다 모여 있다고 해도 과언이 아니다. 볼 것도 많고 감동할 작품도 너무나 많은 곳.

그러나 나에 대한 자책과 엄마에 대한 미안함으로 시작된 바티칸 투어는 재밌기는커녕 최악의 투어가 되어버렸다. 엄마와 나는 서로 입을 다문 채 가이드의 꽁무니만 쫓아다녔고 속상한 마음만 가득하다 보니, 아무것도 보이지 않고 들리지 않았다. 게다가 우리와 같은 여행객들이 오후에 몰려든 탓에 성베드로 대성당 안은 발 디딜 틈도 없었다. 인파에 떠밀려 세계에서 가장 크고 넓은 성당 안을 두 시간 내내 걸어 다녔으니 진이 다 빠졌다.

게다가 시스티나 성당에 들어설 무렵에는 허리가 아파 주저앉기 일보 직전이었다. 그럼에도 불구하고 고개를 들어 미켈란젤로의 천장화를 보니, '와, 진짜 미친놈'이라는 생각이 절로 들었다. 대체 이 작품을 어떻게 천장에 그렸는지 아무리 생각해봐도 미스터리다. 목 디스크는 없었는지 쓸데없는 걱정이 들 때쯤 엄마가 보였다. 지금까지 말 한마디 없는 엄마를 보자,

갑자기 짜증이 치밀어올라 쌩하니 밖으로 나와버렸다. 결국 나는 엄마를 위해 신경 써서 예약한 바티칸 투어를 제대로 망쳐버렸다.

화는 났어도 젤라토는 먹어야겠고, 엄마에게 어디로 이동한다는 설명도 없이 나는 바티칸 성당 근처에 있는 3대 젤라토 맛집으로 향했다. 엄마도 아무 말 없이 나를 따라 발걸음을 재촉했다. '올드 브리지Old Bridge'라는 가게는 여동생과 이탈리아 여행 왔을 때도 못 와본, 꼭 와보고 싶었던 곳이었다. 바티칸에서 젤라토 가게까지는 도보로 5분.

저만치 젤라토 가게가 보일 때쯤 갑자기 어디선가 뿡 소리가 들렸다. 화들짝 놀라 뒤를 돌아보니 엄마가 멋쩍은 표정을 지으며 웃고 있었다.

아침에 요구르트와 믹스커피를 마시고 온종일 걸어 다녔더니 이제야 소화가 되었나보다.

"엄마, 쫌! 기본 에티켓이잖아. 이렇게 길에서 방귀 뀌면 어떻게 해."

"미안. 생리현상이라부난 참을 수가 없언."

머리로는 이해하는데 입에서는 못된 소리부터 나왔다. 2차

모녀 전쟁이 발발하기 직전이었다.

"바티칸 성당 앞에서 방귀 뀌는 신자를 하느님이 퍽이나 좋아하시겠다. 엄마는 오늘부터!"

여기까지 얘기하다 말고 갑자기 웃음이 픽 났다. 원래는 '엄마는 오늘부터 똥순이야!'라고 말하려고 했는데, 뭔가 이 분위기에서 할 말은 아닌 것 같아 다른 단어를 내뱉었다.

"엄마는 오늘부터, 똥주야!"

아, 망했다. 엄마의 이름은 해주. '똥'이라는 글자를 붙이다 보니 '똥주'가 되었다.

화를 낼 거라고 생각한 내 입에서 '똥주'라는 단어가 튀어나오자 엄마가 웃었다.

"그럼 너는 똥주 딸 똥미겠네?"

"푸하하하. 똥미가 뭐야."

"송미한테 전화해서 말해줘. 오늘부터 개명했다고. 네 이름은 똥미야."

하긴 난 엄마 딸이 맞긴 맞으니까. 그래, 나는 오늘부터 똥주 엄마의 큰딸 똥미다. 이렇게 엄마와 나 사이에 흐르던 어색한 기류는 방귀 한 방에 날아갔다. 모녀 사이의 수많은 신경전과 갈등은 가급적 빨리, 되도록 어처구니없게, 너무 심각해지지 않도록 마무리되는 게 좋다. 그래야만 한다는 걸, 이 세상 모든 엄마와 딸들은 알고 있다.

자, 엄마와 화해 아닌 화해도 했으니 이제 진짜 3대 젤라토 맛집의 젤라토를 시식해볼 순서다. 엄마와 나는 콘에 두 가지 맛을 가득 담아주는 젤라토를 선택했다.

5월에 내리쬐는 햇살에 젤라토가 스르르 녹아 손등에 떨어지는데도 기분이 좋았다.

"엄마, 젤라토 3대 맛집 중에 어디가 제일 맛있었어?"

"오늘! 여기가 제일 맛있다."

"나도 그래, 엄마."

도전!
골든벨

로마 테르미니역에서 기차를 타고 달리면 한 시간 반 후 피렌체 산타마리아 노벨라역에 도착한다. 피렌체는 이탈리아 르네상스의 중심지로서 13~15세기의 예술작품이 많이 남아 있는 도시다. 일본 영화 〈냉정과 열정사이〉를 재밌게 봤다면 피렌체 두오모에서 사랑을 꿈꾸게 될 것이다. 그야말로 전 세계 연인들이 찾아오는 로맨틱 시티.

피렌체는 쇼핑에 최적화된 도시이기도 하다. 특히 피렌체에서 시에나로 가는 길목에 위치한 더 몰The Mall 아웃렛은 이탈리아로 신혼여행 온 부부들이 반드시 들르는 필수코스이기도

하다. 피렌체로 가는 기차 안에서 엄마와 나는 예능 프로그램 저리 가라로 열띤 퀴즈쇼를 펼쳤다.

"힌트 알려줘 봐. 첫 글자만 가르쳐줘."

엄마는 김정미 여행사에서 주최한 〈도전! 골든벨-이탈리아 편〉에 출전한 학생으로 정답을 맞히기 위해 고군분투 중이었다.

엄마가 여행 다닌 곳들을 스스로 기억했으면 해서 출제 문제를 까다롭게 준비했다. 친절하게도 이번 퀴즈쇼는 사전 예고제였으며 엄마는 어젯밤 자기 전, 시험 공부하는 학생처럼 호텔 방 의자에 앉아 필기까지 해가며 중요사항을 암기했다.

〈도전! 골든벨-이탈리아 편〉 시작! 물론 주관식이다.

Q1. 이탈리아 남부 도시로, 화산재로 뒤덮여 사라진 도시는?

Q2. 남부투어 중 마지막으로 갔던 곳으로, 엄마 신발이 젖었던 해안 절벽 도시는?

Q3. 콜로세움의 뜻은?

Q4. 고대 로마 생활의 중심지였으며, 로마인들의 광장이라

는 뜻을 가진 이곳의 이름은?

Q5. 세계에서 가장 유명한 분수로, 동전을 던지면 다시 로마에 온다는 속설이 있는 분수의 이름은?

Q6. 이곳에 손을 넣어 거짓말을 하면 손이 잘린다는 전설이 내려오는 조각상의 이름은?

Q7. 바티칸 시국 안에 있는 성당으로, 세계에서 가장 큰 성당의 이름은?

Q8. 판테온 기둥의 개수는?

Q9. 영화 〈로마의 휴일〉에서 오드리 햅번이 젤라토를 먹으며 앉아있던 광장의 이름은?

Q10. 로마를 떠나 지금 우리가 가고 있는 도시는?

(1.폼페이 2.포지타노 3.거대하다 4.포로 로마노 5.트레비 분수 6.진실의 입 7.성 베드로 성당 8.16개 9.스페인 광장 10.피렌체)

초성, 첫 글자, 글자 수 힌트 등 총 세 번의 힌트를 사용하고 맞힌 결과는 과연?

100점! 참 잘했어요!

(거의 떠먹여 준 점수지만) 엄마가 너무 으쓱해 해서 웃음이

나왔다.

　퀴즈놀이를 하다 보니 어느새 기차는 피렌체에 도착했다. 이번에도 호텔은 중앙역에서 도보로 5분 거리. 불과 400m밖에 안 된다.

　로마에서 묵은 호텔이 위치와 룸 컨디션 그리고 조식까지 괜찮았기 때문에 엄마는 이번에도 기대하는 눈치였다.

　"엄마, 피렌체 호텔은 2박밖에 안 할 거라 위치만 보고 가운데 잡았어. 들어가서 실망하지 마. 알겠지?"

　그래도 호텔이 어디냐. 여동생과는 한인민박 도미토리에서 잤는데, 일 년 반 사이에 나의 여행이 훌쩍 업그레이드됐다.

　비록 넓지 않은 스탠다드 트윈룸이지만 비장의 옵션, 두오모 뷰로 예약했던 터라 조심스럽게 기대를 하며 커튼을 여는 순간!

　헙! 사기당했다고 해야 하나, 두오모 뷰는 창밖에 없었다. 아무리 두오모 성당 뷰가 좋아도 직접 보는 게 아니면 소용없지 뭐. 위로 아닌 위로를 하며 저녁을 먹기 위해 호텔을 나섰다. 저녁 7시가 지났는데도 아직 해가 지지 않았다. 바람도 선선했다. 피렌체에는 벌써 여름이 오는 중이었다.

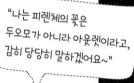

"나는 피렌체의 꽃은
두오모가 아니라 아웃렛이라고,
감히 당당히 말하겠어요~"

꽃보다 엄마 _ 3부

이번 여행의 수수료는
버버리입니다

다음날, 우리는 아침 첫 버스를 타는 데 성공했다. 피렌체 쇼핑의 메카 더 몰The Mall 아웃렛에 가려고 나선 참이었다. 아웃렛 쇼핑은 그야말로 피렌체 여행의 꽃이다. 나는 피렌체의 꽃은 두오모가 아니라 아웃렛이라고, 감히 당당히 말하겠다.

버스 안에는 어디서 나타난 건지 피렌체 곳곳에 숨어(?) 있던 한국인들이 모두 모여 있는 듯했다. 오랜만에 여기저기서 한국어가 들리자 귀가 안정을 되찾고 마음이 고향을 찾은 듯 편안해졌다. 마치 고속버스를 타고 서울 외곽으로 나들이 가는 기분이랄까?

2층 버스 맨 앞자리에 앉아 엄마에게 오늘의 쇼핑 목록을 브리핑했다.

"엄마, 송미 가방부터 사고 나서 엄마 가방도 하나 보자. 난 필요한 거 없으니까 내 건 괜찮아. 제일 중요한 것! 버스에서 내리자마자 나 따라서 프라다로 뛰어야 해."

이곳의 대표적인 브랜드는 구찌GUCCI와 프라다PRADA이며 택스 리펀 사무실까지 있어서 쇼핑 후 바로 환급받기가 편하다.

2층 버스는 45분 동안 토스카나의 시골길을 달려 아웃렛 입구에 도착했다.

"엄마, 뛰어!"

인천공항에서 출발할 때 다시는 엄마를 뛰게 하지 않겠노라 다짐했건만 이게 뭐라고 엄마를 또 뛰게 하는 건지. 프라다 매장은 입장 순서에 따라 쇼핑의 결과가 달라지기 때문에 어쩔 수 없었다. 정확히 말하면 빨리 들어갈수록 원하는 품목을 구입할 수 있는 확률이 높아진다. 매장 입구에서 순서대로 한 사람씩 고유번호가 써진 번호표를 나눠주는데, 구매하고 싶은 물건과 번호표를 직원에게 보여주면 예약이 가능하다. 이

후 계산대에서 번호표를 보여주면 직원이 내가 예약한 물건을 한꺼번에 가져와서 결제할 수 있도록 도와준다. 사고자 하는 제품 수량이 한두 개가 남았을 경우, 먼저 들어간 사람이 예약할 수 있으니 구매에 유리하다.

우리는 번호표를 받자마자 가방 진열대로 뛰어가서 원하던 제품을 손에 넣었다. 지난 시즌 인기 있던 가방으로, 구하기 어렵다는 블랙과 그레이 색상이 남아있었다. 직원이 둘 다 마지막 제품이라고 말해줬다.

재빨리 사진을 찍어 한국에 있는 여동생에게 문자메시지를 보냈다.

"둘 다 마지막이래. 빨리 골라야 함!"

동생의 선택은 그레이 컬러.

그런데도 나는 선뜻 블랙을 포기하지 못하고 거울 앞에서 다시 들어보았다. 거울 뒤에서 여러 명의 손님들이 내 손만 주시하고 있는 게 느껴졌다. 내가 내려놓는 순간 (재빨리 가방을 손에 넣기 위한) 그들만의 전쟁이 시작되기 일보 직전이었다.

"둘 다 살까? 한국보다 많이 싼데…. 송미랑 번갈아 들면 되잖아."

"같은 디자인을 굳이 두 개 살 필요가 있나? 빨리 다른 사람들한테 양보해줘."

엄마 말이 맞다. 어깨 위까지 내려앉은 지름신을 엄마가 한 방에 정리해줬다. 엄마는 옆에 내내 서 있던 여자 손님에게 블랙가방을 넘겨주며 말했다.

"이거 우리가 먼저 잡았는데 하나밖에 안 남았대요. 한국에 있는 우리 딸은 그레이 색깔 한다니까 이거 블랙으로 해요. 블랙 사는 거 행운이야."

우리가 사주는 것도 아닌데, 행운일 것까지야. 여자 손님은 고맙다며 인사를 하고 30초 전의 나처럼 거울 앞 승자가 되었다.

우리는 순식간에 계산까지 마친 후 서둘러 다음 매장으로 이동했다.

버버리 매장은 순전히 엄마 가방을 구경하기 위해 들어가 보기로 했다. 추호도 사심이 없었음을 미리 밝혀둔다.

엄마는 여러 디자인의 가방을 들어보더니 직원에게 지퍼 달린 것은 없냐고 물어봤다. 물론 한국어로. 직원은 이 제품에는 지퍼가 없다며 다른 제품을 꺼내오겠다고 대답했다. 물론 이탈리아어로 말했을 것이다. 엄마의 놀라운 화법은 어디서든 통했다. 역시, 보디랭귀지는 세계 공통어가 맞다.

엄마가 가방을 구경하는 동안, 나는 슬그머니 의류 진열대 쪽으로 이동해 둘러보기 시작했다.

정말 구경만 하려고 했다. 그런데 마침 한국 매장에서 입어 본 패딩이 있는 게 아닌가. 입어보기만 해야지 했는데 맙소사, 벗지를 못하겠다. 맘에 쏙 들어서!

나를 케어하던 직원은 너무 잘 어울린다며 다른 디자인도 입어보라고 이것저것 가져왔다.

"아니요. 저는 이게 마음에 들어요."

여행지에서 결코 명품은 구입하지 않겠노라고 다짐했건만

할인율 앞에서 와르르 무너졌다.

머릿속으로 우리 집 옷장에 있는 동일 브랜드 패딩과 다른 점을 찾으려고 노력했다. 진심으로! 컬러, 기장, 디자인까지 마치 쌍둥이인 듯 아닌 듯 미세하게 달랐다.

"라스트 원!"

쇼핑할 때마다 고객이 고민에 빠져 있으면 항상 직원들이 하는 말이다. 그런 사탕발림에 넘어가는 사람들을 진심으로 비난했건만. 나도 모르게 동공지진이 일어났다. 게다가 블랙 색상은 사이즈별로 재고가 남아있는데, 네이비 색상으로 내 사이즈는 절대 못 구한단다. 눈앞에는 내가 어서 단념하고 옷을 벗어놓기만을 기다리는 한 커플이 눈에 불을 켜고 대기 중이라 초조해지기 시작했다.

평소 나는 동생, 친구, 지인들과 쇼핑할 때면 객관적으로 평가하며 장점, 단점별로 따져주는 진정한 '퍼스널 쇼퍼'였다. 남의 옷은 평가질하고 잘도 골라주면서, 정작 내 옷을 살 때면 객관화에 오류가 생긴 건지 왜 항상 비슷한 스타일 옷 앞에서 고민을 하는지 모르겠다. 그러나 어느새 소파에 앉아 기다리던 엄마의 한마디로 상황은 종료되었다.

"그냥 사. 겅(그렇게) 고민하지 말고. 이번 여행 수고비로 하나 사주크라(사줄게)."

이번 여행을 계획하고 가이드 하느라 고생했다며 엄마가 쿨하게 카드를 꺼내는 게 아닌가.

드디어 나에게도 '엄마 찬스'가 도래한 것이었다. 직원은 멋진 엄마를 두었다며 엄지를 치켜세우더니 빛의 속도로 네이비 패딩을 카운터로 들고 갔다. 순식간에 '엄카'로 계산 완료! 눈 깜빡하는 사이 어느덧 패딩은 내 손 안에 들려 있었다.

"내가 무슨 이거 사달라고 같이 여행 왔나 뭐. 안 그래도 되는데…."

입만 살아서 창피함도 잊은 채 아웃렛 중앙에 서서 둠칫둠칫 춤까지 선보였다. 엄마, 고마워. 내가 앞으로 더 잘할게.

아셨죠, 여러분? 과소비는 모녀 사이를 돈독하게 해주는 비결입니다.

이탈리아에도
팥빙수 팔아?

"이탈리아에도 팥빙수 팔아?"

5월인데도 이탈리아 날씨는 꽤 무더웠다. 강렬한 햇빛에 지친 엄마 입에서 갑자기 팥빙수라는 단어가 튀어나왔다. 엄마는 피렌체에서 티본 스테이크도 아니고 피자나 파스타, 하다 못해 한식도 아닌 팥빙수를 드시고 싶어 했다. 어떻게 해야 할까. 정답은 하나, 나는 지금 피렌체에서 팥빙수를 찾아내야 한다. 평소 엄마는 카페 가서 커피 한잔 시키는 건 아까워하면서도 팥빙수 사 먹는 건 아까워하지 않는 사람이다. 그만큼 팥빙수를 좋아했다. 나는 엄마의 팥빙수 사랑을 알기에 피렌체에서 팥빙수 찾기에 나섰다.

"오! 찾았다. 피렌체에 팥빙수 파는 데 있어. 근처 한식당이
야."

십여 분 인터넷 검색 끝에 간신히 성공했다. 십 년 넘게 방송
작가 했으니 어지간한 검색은 자신 있었다. 다행히 체면치레는
한 거로.

"엄마, 그럼 저녁은 한식당에서 먹을까?"

"아니. 한식은 안 먹고 싶은데."

가수 god의 〈어머님께〉에 나오는 '어머니는 자장면이 싫다
고 하셨어'도 아니고 한식이 왜 싫어, 엄마?

집에 가면 매일 먹을 텐데 해외에 나와서까지 한식은 먹기
싫다는 게 엄마의 대답이었다. 엄마는 조식으로 나오는 빵과
요구르트를 좋아하셨다. 매일 아침 빵을 먹는 유럽 사람들을
부러워했을 정도였다. 내가 엄마를 몰라도 너무 몰랐다. 엄마
취향도 모르고 딸은 혹시나 현지 음식이 엄마 입에 안 맞을까
봐 컵밥과 컵라면을 잔뜩 챙겨 왔으니. 캐리어에 자리만 차지
할 뿐, 한식은 나를 위한 비상식량이 되었다.

"엄마, 그냥 오늘 저녁은 한식당 가자. 짬뽕 엄청 맛있대. 가

서 팥빙수도 먹고."

"이탈리아까지 와서 무슨 짬뽕이야. 파스타 먹을래."

"아 싫어. 나 오늘 짬뽕 안 먹으면 힘없어서 내일부터 가이드 안 할 거야."

반 협박으로 겨우 메뉴를 짬뽕으로 확정지었다. 피렌체 중앙 시장 뒤편에 위치한 한식당으로 발걸음을 재촉했다. 이탈리아 여행객들에겐 이미 짬뽕으로 유명한 한식당. 숨을 고르고 메뉴판을 살펴보니 과연 팥빙수가 있었다. 엄마는 이탈리아에서 팥빙수를 먹는다는 사실에 기쁜 나머지 컵에 물을 따르다 쏟기까지 했다. 떨리는 순간!

"사장님. 여기 메뉴판에 있는 팥빙수 되나요?"

"5월엔 안 하죠. 요즘 날씨에 찾는 사람이 없는데. 7~8월 한정 메뉴예요."

아, 5월에 팥빙수 찾는 사람 여기 있어서요. 계획이 수포로 돌아갔으므로, 슬그머니 엄마 눈치를 살폈다.

"엄마, 서울 가서 사줄게. 저녁 먹고 호텔 가면서 젤라토나 먹자!"

"젤라토랑 팥빙수랑 맛이 다르네!!!"

아아, 나는 캐리어에 컵라면이 아니라 팥을 챙겨 왔어야 했다. 실망하는 엄마의 표정을 못 본 척하며 일단 짬뽕과 국밥을 주문했다.

"짬뽕은 면으로 하고, 나중에 공깃밥 추가해서 말아먹을까?"

"너 마음대로 해."

종일 아웃렛에서 걸어 다녔더니 제법 허기가 졌다. 위장의 상태가 이 정도면 중국집에서 짜장 하나 짬뽕 하나 거기다 탕수육 포함된 세트를 시켜서 혼자 다 먹을 수 있을 정도?

그런데도 엄마는 별로 배고프지 않다며 물만 홀짝였다. 하지만 막상 짬뽕이 나오자 엄마의 눈이 다시 반짝인 건, 저만의 착각인가요. 어머니?

"맛이 어때, 엄마?"

"맛은 이신게(있네)."

엄마는 아무 말 없이 그릇 바닥이 보일 때까지 싹싹 긁어먹었다. 역시, 우리 엄마는 한식을 너~어무 싫어한다.

이탈리아에서는
잠시 엄마를 버려도 좋습니다

망할, 긴장을 늦춘 탓인지 한 정류장 전 역에서 내려버렸다. 피렌체를 떠나 베네치아로 가는 길, 우리는 기차를 탔다. 피렌체 산타마리아 노벨라역에서 베네치아 메스트레역까지는 기차로 2시간 3분 소요. 딱 네 정류장만 가면 된다. 오전 10시 20분에 출발한 기차는 오후 12시 23분이면 베네치아 메스트레역에 도착할 것이다.

그런데 이놈의 이탈리아 기차는 늘 제멋대로다. 모니터로 '정차역'을 알려주는 기차가 있는 반면 안내방송조차 해주지 않는 기차도 있었다. 이번 기차가 그랬다.

안내방송이 없길래 도착 시간인 오후 12시 23분 즈음에 이르러 엄마와 캐리어를 챙겨 내렸다. 내리면서 역 이름을 보는데, 아뿔싸! 이 역이 아니다. 다시 탑승하려고 했을 때는 이미 늦었다. 떠나는 기차의 뒤꽁무니를 바라보며 일진이 안 좋다고 생각했다.

'어쩐지, 베네치아인데 내리는 사람이 없더라.'

캐리어 두 개와 우리 모녀만 덩그러니 플랫폼에 남겨졌다. 다음 기차 티켓으로 교환하기 위해서는 일단 역사 안에 있는 매표소를 찾아가야 했다. 기차 내린 곳에서 지하도를 통해 삥 돌아가야 매표소가 있었다. 한낮이라 햇볕이 머리 위로 뜨겁게 내리쬐고 캐리어 두 개를 들고 계단을 오르락내리락할 자신이 없었다. 나는 엄마와 캐리어 두 개를 의자에 앉혀두고 재빨리 다녀오겠노라고 말했다.

"엄마, 여기 앉아서 잠깐만 기다려. 건너편 매표소에 가서 기차표 좀 바꿔올게."

"알안."

엄마는 알겠다고, 괜찮다고 대답은 했지만 표정이 어두웠다. 지하도를 향해 뛰다가 잠깐 멈춰 뒤를 돌아보니 엄마는 이미 의자에서 엉덩이를 반쯤 떼고 내 뒷모습만 눈으로 쫓고 있었다. 나는 엄마를 안심시키기 위해 손을 한 번 흔들고 지하도 속으로 사라졌다.

헐레벌떡 뛰어가 보니 매표소 앞에는 줄을 선 손님들이 많았다.

'그래, 나도 급하면 다른 손님도 급하겠지'라고 생각하며 기다리기에는 내 마음도 여유가 없었다. 근처 자동발매기 앞에서 티켓 발권을 도와주고 있는 직원에게 도움을 요청했다.

"나는 베네치아 메스트레역까지 가야 합니다. 그런데 여기서 잘못 내렸어요. 이것이 내 기차표입니다. 도와주세요."

한 정류장이지만 새로 티켓을 끊어야 한단다. 할 수 없이 젤라토 세 개를 사 먹고도 1유로가 남을 만큼 거금인 7유로를 지불하고 다음 기차 티켓을 끊었다.

'아 돈 아까워. 그래도 30분 뒤에 탈 수 있겠구나.'

생각지도 못한 돈을 어이없게 지출한 사실에 속이 쓰렸지만, 손에는 다음 기차 티켓이 있었기에 걱정을 한시름 놓을 수 있었다. 역사 밖으로 나와 엄마가 기다리고 있는 건너편을 바라봤다.

아, 엄마… 엄마는 양손에 캐리어 손잡이를 하나씩 꼭 쥐고 서서 안절부절 못하고 있었다. 역사로 들어가서 한참 동안 나타나지 않는 딸을 애타게 기다리고 있었을 엄마. 엄마는 아직 나를 발견하지 못한 모양이었다. 손을 크게 흔들며 엄마를 불렀다.

엄마 딸 여기 있어요. 서둘러 지하도를 삥 돌아 냅따 뛰었다.

"엄마, 왜 서 있었어? 매표소 앞에 사람이 많아서 좀 늦었어."

"너 가고 생각해보니까 나는 핸드폰도 여권도 지갑도 아무것도 없잖아. 네가 여기서 나 버리고 가면….."

(나는 엄마에게 캐리어 외에 가방을 따로 메지 못하게 했다. 여행 중에는 엄마의 핸드폰, 여권 모두 내 크로스 가방에 보관하고 있었다.)

"요즘 부모를 해외여행 데리고 와서 버리고 가는 경우가 더러 있대. 엄마, 조심해."

그동안 엄마에게 이런 시답잖은 농담을 했었다. 엄마는 불현듯 그 말이 생각났고 상상의 나래를 펼쳐 혼자 최악의 시나리오를 써내려가고 있었던 것이다. 아무리 장난이라도 그런

무시무시한 말을 하면 안 됐었다. 진짜로 요즘 시대에 그런 일이 생긴다면 신문 1면에 대서특필 될 일이 아닌가.

〈21세기 고려장. 이탈리아에서 여권까지 빼앗아 엄마를 버리고 연락 끊은 비정한 딸. 폐암 수술한 엄마를 해외에 유기한 혐의를 받고 있는 30대 방송작가 딸이 일 년 만에 붙잡혔다….〉

"잘 들어, 엄마. 진짜 버리려고 했다면 이탈리아는 아니었을 거야. 더 오지로 가지. 이탈리아는 유럽에서 한국인 관광객이 제일 많은 나라 중에 한 곳이야. 내가 설령 엄마를 버리고 갔다 해도 여기에 여행 온 수많은 한국인 중 한 명만 붙잡고 '저 좀 도와주세요. 딸이 버리고 갔어요'라고 하면…. 아차, 이게 아니고! 만약 엄마 혼자 호텔 앞 산책이라도 나갔다가 길을 잃었더라도 아무나 붙잡고 도와달라고 해. 그럼 한국인들이 동포애와 인류애를 발휘해서 두 손 두 발 걷어붙이고 도와줄 거야. 쓸데없이 그런 생각은 왜 하고 있었어?"

"걱정 마. 난 너 없이 혼자 아무 데도 안 나가. 기차표는 바뀌?"

"응. 꼴랑 한 정류장 가는 건데 7유로나 낸 거 있지?"

"괜찮아. 사람이 완벽할 순 없으니까. 7유로 날렸으니 오늘 젤라토는 안 먹을게."

가이드로서 점수가 깎이는 순간이었다. 그리고 고작 7유로 때문에 엄마가 젤라토를 포기한 순간이기도 했다. 멀리서 7유로짜리 기차가 들어온다. 어휴, 저 기차 때문에 오늘 젤라토는 안녕이다.

베네치아와
제주도의 공통점

제주도 면적의 약 1/4 크기인 베네치아는 이탈리아 북동부의 중심 도시다. 이탈리아어로는 베네치아, 영어로는 베니스라고 한다. 뻔히 다 아는 사실이라도 엄마를 위해 차근차근 기본 정보를 정리했다. 베네치아는 118개의 작은 섬과 약 400개의 다리가 연결되어 만들어진 도시이다. 구시가지 전체를 배를 타고 다녀야 하기 때문에 물의 도시로 유명하며 도시 내 이동 수단은 수상택시와 수상버스(바포레토) 그리고 곤돌라뿐이다.

호텔 체크인을 하고 본격적으로 베네치아 구경에 나섰다.

베네치아 하면 당연히 곤돌라부터 떠올리겠지만, 지금은 완전히 관광객 대상으로만 운행되고 있었다.

"엄마, 부러워? 우리도 좀 이따 곤돌라 탈 거야."

"저거 얼마? 한 번 타는 데 만 원 정도 해?"

아이고, 우리 엄마. 가격 알면 뒤로 넘어가겠네. 이런 질문엔 못 들은 척 넘어가는 게 답이다.

어떤 곤돌라를 타든 흥정 불가, 20분에 대략 80유로(약 10만 원) 정도다. 우리 여행의 체험 비용 중에 가장 비싼 지출되시겠다. 한 배에 최대 여섯 명까지 탑승이 가능한데 함께 타면 요금을 나눠 낼 수 있으니까 나는 곧바로 여행 커뮤니티에 동행을 구하는 글을 올렸고, 금방 댓글이 달렸다.

'엄마와 30대 딸이 함께 여행 중입니다. 오늘 오후 5시 30분 베네치아에서 곤돌라 함께 타실 분, 계실까요?'

베네치아의 길은 산마르코 광장으로 통한다는 말이 있다. 산마르코 광장은 유네스코 세계문화유산으로 등재된 베네치아의 중심지이며 베네치아 관광의 시작점이다. 나폴레옹은 이곳을 '유럽에서 가장 아름다운 응접실'이라고 칭송했다고 한다.

오후 5시 20분, 우리는 이곳에서 곤돌라 체험(이라고 해두자)을 함께할 한국인 신혼부부를 만났다. 감사하게도 신혼부부는 엄마에게 뱃사공 바로 앞자리를 양보해주었다. 오히려 우리보다 신혼여행 중인 부부에게 기념이 됐으면 해서 자리를 바꿔주려고 하니 자신들은 괜찮단다. 그리고 최선을 다해 엄마와 나 그리고 뱃사공이 함께 나오도록 사진까지 찍어주었다. 엄마와 여행하니 혜택 아닌 혜택을 누린다.

리알토 다리는 베네치아를 대표하는 첫 번째 다리로, 우리가 베네치아 하면 떠올리는 사진은 모두 이 다리 위에서 찍었다고 해도 과언이 아니다. 대리석으로 만들어진 이 다리는 1800년대 아카데미아 다리가 지어지기 전까지 대운하를 건너는 유일한 다리였다고 한다. 우리도 이 다리를 건너왔지만, 곤돌라에서 바라보니 유독 리알토 다리에만 사람이 다닥다닥 많기도 많았다. 우리가 지나갈 때 무너지진 않겠지.

상상 속의 곤돌라는 '산타 루치아~'를 부르는 멋진(!) 뱃사공이 함께여야 하는데 현실은 "출발합니다. 여기는 리알토 다리입니다"라고 설명해주는 친절한(?) 뱃사공이었다.

"산타 루치아~"

곤돌라 뱃사공은 베네치아에서 최고 인기 직업 중 하나이다. 일 년에 대략 연봉이 10만 유로(약 1억4천만 원)라고 하니, 작가 때려치우고 여기 와서 곤돌라 운전을 배워야 하나.

뱃사공은 까다로운 과정을 거쳐 선발되는데 관련 학교를 수료하고 2개 국어 이상 할 줄 알아야 한단다. 게다가 베네치아에 거주하고 있는 사람만 가능하다고 하니 운전을 배우기도 전에 탈락 확정이다.

"무사(왜) 이 사람은 노래 안 불러주맨?"

"엄마, 다 돈이야. 산타 루치아 노래 듣고 싶으면 적어도 20유로는 팁으로 드려야 할걸?"

"어휴, 됐어. 그냥 핸드폰으로 노래나 틀어줘."

핸드폰으로 산타 루치아를 재생하니 신혼부부가 웃었다.

은근슬쩍 한 소절이라도 기대해봤지만 실패다.

산타 루치아 1절이 마무리될 때쯤 탄식의 다리가 보였다. 탄식의 다리는 실제로 보니 작고 이름처럼 쓸쓸해 보였다.

"엄마, 저 다리 보이지? 저 다리 이름이 탄식의 다리라고 하는데 왜 그런 줄 알아?"

"아니."

"엄마 아까 산마르코 광장에서 본 큰 궁전 있지. 옛날에 그 두칼레 궁전이랑 감옥을 연결했던 다리였는데, 궁전에서 재판을 받고 나오던 죄인들 전부 이 다리를 지나서 감옥으로 갔거든? 감옥에 갇히면 앞으로는 아름다운 베네치아를 못 본다는 생각에 한숨을 쉬었다고 해서 탄식의 다리래. 웃기지?"

17세기에는 많은 죄인들이 이 다리를 건너며 한숨을 쉬었을 텐데, 21세기에 곤돌라를 타고 이 다리를 구경하고 있자니 새삼 이상한 기분이 들었다.

곤돌라를 타보니 관광객들이 제주도 와서 말 타는 기분이 이런 건가 싶다. 제주도에서 승마는 그야말로 진짜 관광용이다 (강원도 사람은 전부 감자 농사를 짓고, 제주도 사람은 전부 귤을 재배한다는 말이 있다. 어쩌다 보니 우리 집 마당에도 두 그루의 귤나무가 있으므로 반박할 수가 없으니 이 말은 맞다고 해두자). 제주도 사람들 누구도 말을 타고 다니진 않지만, 이왕 제주도에 왔으니 말은 타봐야지 하는 그런 마음. 베네치아 사람들 누구도 곤돌라를 타진 않지만, 이왕 베네치아에 왔으니 곤돌라는 타봐야지 하는 이런 마음.

"우리 저녁 뭐 먹어?"

"엄마, 오늘은 해산물 파스타 먹을 거야!"

짧다면 짧은 곤돌라 체험을 마치고, 엄마와 나는 물의 도시 베네치아에 왔으니 해산물 요리를 맛보기로 했다. 바다와 밀접한 도시는 어디든 해산물 요리가 유명하다. 제주도도 그렇다. 제주도 역시 갈치조림, 전복 돌솥밥, 보말 칼국수 등 해산물 전문 음식점과 횟집이 많지 않은가. 물론 흑돼지구이나 고기국수까지 뭐든 맛있지만….

관광객이 많이 찾는 맛집도 물론 맛있지만 도민들이 찾아가는 가게는 따로 있다. 베네치아에서도 줄 서서 먹는 유명 맛집보다는 이탈리아 현지인들이 찾아가는 가게에 가보고 싶었다.

이탈리아 유학생에게 추천받은 작은 가게로 들어갔다. 관광객으로 가득 찬 베네치아인데 흔한 영어 메뉴판조차 없었다. 노신사 웨이터가 친절하게 물을 따라주고 대표 메뉴를 소개해주었다. 오징어 먹물 파스타는 아쉽게 품절이라 랍스터 파스타와 까르보나라를 시켜보기로 했다. 주문하는 방법은 간단하다. 일단 웃는다. 손가락으로 메뉴판에서 내가 고른 메뉴를 가리킨다. 그리고 손가락 하나를 펴고 보여준다. 다시 손가락으로 다음 메뉴를 가리킨다. 그리고 또 다시 손가락 하나를 펴고 보여준다. 메뉴판을 덮는다. 이제 음식이 제대로 나올지는 직원의 역량에 따라 결정된다.

주문한 음식이 제대로 나왔다. 성공이다.

혹시나 짜면 어쩌지 걱정했는데 한입 먹어보고는 깊이 반성했다. 엄마와 나는 침이 마르도록 칭찬하며 소스까지 싹싹 긁어먹었다. 역시 이 집은 이탈리아인들의 맛집이 틀림없다.

계산 전, 번역기로 이탈리아어를 검색하고는 엄마에게 알려주었다.

"엄마, 나가면서 저분한테 맛있다고 말해봐."

"싫어. 네가 해."

"맛있었다며. 딱 세 글자. 쉽잖아."

엄마는 개미 목소리로 들릴 듯 말 듯 속삭이더니 황급히 밖으로 나가버렸다.

"부오노(맛있어요)!"

동양인 모녀가 손님으로 들어와 아마도 놀랐을 노신사 웨이터가 환하게 웃었다. 언젠가 또 베네치아에 오게 된다면 꼭 다시 이곳에 오리라 다짐하며 호텔로 향했다.

내 여행 시나리오에
'기차 놓쳤을 때'는 없었다

가는 길이 힘들었던 것은 아니다. 체력적으로 힘든 것보다는 마음의 긴장을 늦출 수 없는 날이었다. 그렇다고 진짜 기차를 놓치는 상황이 벌어지리라고는 전혀 예상치 못했지만.

베네치아에서 인터라켄까지 가는 여정은 대략 이랬다. 제일 먼저 베네치아에서 출발하는 기차를 타고 밀라노역에 내린다. 밀라노역에서 30분 남짓한 시간 동안 기차를 한 번 갈아타야 한다. 갈아탄 기차를 타고 스위스 국경을 지나 슈피츠역에 내린다. 역 밖으로 나가 다시 버스를 타고 목적지인 인터라켄 동역에 도착하면 아마 어두워져 있을 것이다. 역 바로 옆에 위치한 유스호스텔 문을 열고 들어갈 쯤이면 대략 밤 10시는 되어 있을 거고 몰려오는 피곤을 이겨내며 당당히 호텔 체크인을 마치면 오늘의 미션 끝이다. 말로는 참 쉽다.

그런데, 이렇게 쉬운 스케줄의 첫 시작부터 어째 불안불안했다. 일찌감치 베네치아 메스트레역에 도착해 기차를 기다렸건만, 우리가 타야 할 기차만 감감무소식이었다. 우리와 비슷한 시간대의 기차는 속속 도착하여 전광판에 불이 들어오는데 어째서 우리가 타야 할 기차만 오지 않는 것인가. 똥 줄 타기 일보 직전이었다.

"엄마, 유럽은 기차 연착하는 경우가 다반사야. 조금만 기다려보자."

초조함을 숨기며 엄마를 안심시키고 눈으로는 뚫어져라 전광판만 바라보았다. 그러는 사이 예정된 기차 출발 시간은 속절없이 지나고 있었다. 눈이 흐릿해질 무렵 드디어 기차가 도착했다. 예정 시간보다 무려 25분이나 연착되었다. 그렇다면 우리는 밀라노역에서 5분 안에 환승을 해야 한다. 기차가 곧바로 출발만 해준다면 별 문제는 없을 것이다. 그러나 내 마음을 아는지 모르는지 기차는 25분이나 지각을 하고서도 어기적

거리며 천천히 출발했다. 택시를 탔으면 기사님께 재촉이라도 해볼 텐데 기차는 기관사를 재촉할 수도 없고 답답하기만 했다. 우리는 과연 밀라노에서 무사히 환승할 수 있을까. 불안이 몰려오자, 급기야 나는 여행을 위해 곱게 네일아트한 손톱을 오독오독 물어뜯는 지경에 이르렀다.

'아, 망했다.'

모든 기대는 수포로 돌아가고 불길한 예감은 적중했다. 애초에 기차가 25분이나 늦게 출발했으니 환승할 수 있을 거란 기대조차 하지 말았어야 했다.

밀라노역 도착까지 30분을 남겨두고 우리가 무사히 환승할 확률은 제로에 가깝다는 결론에 도달했다. 재빨리 검색을 시작했다. 밀라노에서 기차 놓쳤을 때, 이탈리아에서 기차 놓쳤을 때, 유럽에서 기차 놓쳤을 때.

정답은 하나다. 내가 예약한 기차 사무실을 찾아가 '당신네 기차가 늦게 와서 내가 환승할 기차를 놓쳤으니 다음 기차표로 바꿔주시오.'

다행히 기차에서 내리자마자 유니폼을 입은 직원이 보였다.

더듬더듬 영어로 물어보니 손가락으로 간이 사무실을 알려줬다. 이미 사무실 앞에는 나뿐만이 아니라 이 기차 회사에 볼일이 있는 사람들이 줄을 서서 기다리고 있었다. 일분 일초가 급하건만, 하염없이 시간만 흘렀다.

드디어 내 차례가 되었다. 당신네 회사 기차가 늦게 와서 내 기차를 놓쳤다, 어떻게 할 거냐고 속사포로 따져 묻고 싶었다. 허나 현실은 비굴한 동정심 유발! 최대한 불쌍한 표정을 지으며 나에게 닥친 이 기막힌 상황에 대해 하소연을 해야 했다. 그러나 돌아온 답변은 절망적이었다.

"다음 기차는 한 시간 후에 도착하지만 만석이라 좌석을 줄 수가 없다. 입석도 괜찮다면 표를 바꿔주겠다. 이게 오늘 마지막 기차라 좌석을 원한다면 내일 다시 와라."

엎친 데 덮친 격으로 밀라노에서 타야 할 기차를 놓침으로써 스위스 인터라켄까지 예약해놓은 기차를 줄줄이 놓칠 수밖에 없는 도미노 상황에 직면했다.

심지어 대안으로 제시하는 다음 기차는 우리의 목적지인 슈피츠역이 아니라 중간에 위치한 브리그역까지만 운행하는 기차란다. 게다가 이 기차조차 연착되어 순조롭게 탄다고 해도 오늘 밤 안으로 인터라켄까지 가는 것은 불가능해 보였다. 낭패의 연속이었다.

'입~석? 이보쇼. 엄마 때문에 일부러 좌석도 지정해서 끊었다고요! 당신네 기차가 늦게 와놓고선 달랑 다음 기차표만 주면 다요? 망친 내 여행 일정은 어떻게 할 것이며, 당장 내 돈 물어내고 인터라켄까지 갈 수 있는 방법을 찾아내시오! 아주 그냥 확!'

아 짜증 나.

이탈리아어는 만무하고 영어 대화조차 어려운 나에게 이 세밀한 감정까지 담아 의사소통을 한다는 것은 죽었다 깨어나도 힘든 일이었다. 그렇게 영어공부 좀 해둘걸.

직원은 자기 탓이 아니니 어깨만 으슥할 뿐 미안하다는 말 한마디가 없었다. 그렇다. 이탈리아에선 흔한 일이니 누구를 탓하겠는가. 발등에 불이 떨어진 건 나밖에 없었다.

딸을 위대하게
만드는 방법

당장 모든 일정이 완전히 꼬이게 되었다.

내가 세운 계획표 상으로는 밤늦게라도 인터라켄 호스텔에 도착해 숙박한 후, 내일 아침에는 융프라우에 있어야 했다. 이 기차를 타지 않고 다음날로 일정을 미룬다 해도 당장 이 밤에 밀라노 어디로 가서 하루를 묵을 것인가.

차라리 밀라노보다는 좀 더 스위스 인터라켄과 가까운 곳까지 가는 게 낫지 않을까? 이동할 수 있는 만큼 최대한 이동한 뒤에 그 지역에서 숙박한 후, 아침 일찍 인터라켄으로 떠나는 게 나을 것 같았다. 이것이 고민에 고민을 거듭한 후에 내가 내린 결론이었다.

선택의 여지가 없었다. 입석이라고 체크된 기차표를 받아 들고 엄마를 바라보았다. 저 뒤에서 캐리어 두 개를 양 손에 꼭 쥐고 나를 기다리고 있는 엄마는 나 하나만 바라보고 여기까지 왔다. 이제 어떡하지. 기차 출발 시간을 확인하며 생각에 잠겼다.

"뭐랜? 표 바꿔준댄?"

"응. 한 시간 뒤에 다음 기차가 있긴 있는데, 만석이야. 입석밖에 안 된대. 엄마 괜찮겠어?"

"몇 시간 가야 돼?"

"두 시간 반은 가야 해."

"엄마는 신경 쓰지 마. 대단하네이. 영어로 말핸?"

"그럼. 영어로 말해야지. 한국어로 말해?"

"너 고3 때 3개월 영어 과외시킨 거 영 꽝은 아니었네이."

딸을 위대하게 만드는 방법, 바로 여행이다. 지금 여기서 외교부 장관보다 딸이 더 대단하다고 믿는 엄마에게 차마 줄 서 있을 때 핸드폰 번역기를 돌려가며 가장 쉬운 문장을 외웠다고 말하지는 못했다.

'엄마 미안해. 영어 과외 효과 없었어. 요즘엔 번역기가 최고야.'

고3 수험생 때보다 더 긴장한 채로 아는 영어단어를 혼신의 힘을 다해 죄다 끄집어내 썼더니 벌써 기진맥진이었다. 대학생 이후에 이렇게 머리를 써본 적이 있었던가.

'사건 사고가 있었기 때문에 여행은 완성된다.'

이런 말은 책에서나 읽어봤지 적어도 나의 여행에서 이 말을 실감하게 될 줄은 몰랐다. 웃기고 있네. 사건 사고가 없어야 여행이 순탄하거늘 그놈의 사건 사고 때문에 고생길 예약입니다요. 내 여행 시나리오에 '기차를 놓쳤을 때'는 없었다.

그동안 수차례 해외여행 다니면서도 기차를 놓쳐본 적이 없던 나였기에, 애당초 목적지에 도착하지 못했을 때의 대비책은 마련해두지 않았다.

유럽이 처음인 엄마는 물론이고, 유럽에 여러 번 와본 나도 이런 일 앞에서는 속수무책이었다. 일단, 플랫폼 번호를 확인한 뒤 스위스 국경과 가까운 도모도솔라역 근처와 기차 종착지인 브리그역 근처에 묵을 만한 곳을 검색했다. 스위스 어딘지도 모를 지역에서 당장 1박을 해결해야 하는 상황이었다. 당일 예약이라 가장 싼 호텔도 15만 원이 훌쩍 넘었으며 오늘 묵기로 한 유스호스텔은 환불불가라 두 군데 숙소 비용을 이중으로 내야 할 판이었지만 달리 뾰족한 수가 없었다.

기차가 들어왔다. 나처럼 기차를 놓친 사람들과 원래 이 기차를 예약했던 사람들로 붐볐다. 일단 짐칸에 캐리어 두 개를 먼저 집어넣고 혹시 모를 빈 좌석을 기대하며 열심히 눈을 굴렸다. 나는 둘째치고 엄마가 문제였다. 가끔 까먹기도 하지만 엄마는 62세, 암 환자다. 건강한 사람도 두 시간 반 동안 꼬박 서서 가는 건 무리가 될 텐데, 하물며 엄마는 절대 아니 될 소리다. 입석 승객들로 가득 찬 기차가 출발하는 순간, 바로 눈앞에 빈 좌석 하나가 보였다. 누구에게 빼앗길세라 재빨리 엄마를 밀어 넣었다.

"엄마, 일단 앉아! 빨리 앉으라고."

"너는?"

딸은 지금 짐칸에 실려 가도 감지덕지입니다.

엄마가 막 자리에 앉으려는 순간, 20대로 보이는 남자가 우리 앞으로 다가와서 좌석 번호를 확인했다. 역시나 주인이 있는 자리였다. 미안하다고 하고 얼른 엄마를 일으켜세우려는데, 그가 자신의 표를 보여주며 말했다.

"내 자리가 맞아. 하지만 너의 엄마가 대신 앉아도 좋아."

"정말? 고… 고마워."

'아니, 이보시오. 우리를 언제 봤다고 양보해주는 것이오. 마음도 넓은데 잘 생기기까지 했구려. 올해 남은 복은 당신이 다 받으시오.'

"엄마, 나 바로 뒤에 캐리어 앞에 앉아 있을 거니까 걱정하지 마. 내릴 때 말해줄게!"

"너가 여기 앉아서 숙소 검색이라도 하쟨?"

"쓸데없는 소리 좀 하지마. 내가 알아서 할게."

이럴 때 보면 엄마는 내 마음을 몰라도 너무 모른다. 내가 거기 앉으면 엄마는 어떻게 하려고?

고맙다는 말도 제대로 못 했는데, 쿨한 여행객은 기차 연결 통로에 서서 이어폰을 꽂으며 자리를 잡았다. 진짜 양보해주고 자신은 목적지까지 서서 갈 모양이었다.

좌석 주인의 뜻하지 않은 배려 덕분에 엄마를 좌석에 앉혀

두고 캐리어가 보이는 짐칸 앞 바닥에 내 자리도 잡았다. 어쨌든 한시름 놓았으니 여동생에게 현재 우리의 상황을 전달하려고 핸드폰을 켜보니 맙소사, 배터리가 20%도 남지 않았다.

오늘 아침부터 핸드폰 카메라로 사진을 찍었고, 오는 길에 인터넷 기사도 찾아봤을 테고, 좀 전에 밀라노에서 기차를 놓치고 급하게 검색하느라 핸드폰을 많이 사용했을 것이다. 게다가 어젯밤 충전해둔 보조배터리는 진작에 다 쓴 상황. 전쟁에 나가면서 총알이 없는 상황과 비슷하다면 비슷하달까. 그래도 일단 여동생에게 문자메시지를 보냈다. 베네치아에서 타야 할 기차가 연착돼서 밀라노역에서 환승해야 하는 기차를 놓쳤고 다음 기차표를 받았는데 만석이라 입석뿐이라고. 그마저도 스위스 브리그역까지만 가게 됐노라고 싹 다 일러바쳤다. 여동생에게 말한다고 달라질 건 없었지만, 그냥 누구에게라도 위로받고 싶었다.

한국 시간 새벽 2시 39분. 자다 깬 여동생이 답장을 보내왔다.

여동생 : 엄청난 일이 있었구만. 근데 찾아보니까 브리그에서 슈피츠까지 가는 기차가 남아있는데?

나 : 나도 찾아봤는데, 우리가 탄 기차는 브리그역에 21시 23분 도착 예정인데 브리그역에서 슈피츠역으로 가는 마지막 기차는 21시 20분에 출발하는 거라 못 타.

여동생 : 아깝게 3분차이네. 그럼 일단 브리그역에 도착하면 상황 보고 오늘 묵을 호텔 찾아보는 게 낫지 않나?

나 : 응. 브리그역에서 마지막 기차가 기다려줬으면 좋겠다. 제발.

브리그역에서 내려서 직접 호텔을 찾아보기로 하고 점점 줄 어드는 배터리 숫자를 보면서 서둘러 동생과의 연락을 마무리 했다. 짐칸 앞에는 아까보다 사람이 더 많아졌고 나의 초조함 역시 극에 달하고 있었다. 물어뜯은 손톱은 닳아 없어질 지경 이었다.

'하느님 부처님 예수님! 누구든지 간에 듣고 계시거든 그 기 차 좀 붙잡아주세요.'

35분 동안 손톱을 뜯어대다 보니 어느새 브리그역에 도착 한다는 안내방송이 들렸다. 심호흡을 하고 서둘러 내린 순간, 내 눈앞에 보이는 장면에 다리가 풀릴 뻔했다.

'아, 살았다!'

바로 앞 플랫폼에 이미 떠났을 거라 생각했던 슈피츠행 기차가 정차되어 있는 것이 아닌가!

'하느님 부처님 예수님! 전부 다 감사합니다.'

역무원에게 얼른 뛰어가 슈피츠행이 맞냐고 물으니 미소를 지으며 고개를 끄덕였다.

감격적인 순간이었다.

"엄마! 이 기차 맞대. 엄마?"

뒤돌아보니 내 뒤로는 기차를 갈아타려는 외국인들로만 가득하고 엄마의 모습이 보이지 않았다. 분명 내릴 때 엄마가 앉아있는 좌석에 가서 이제 내려야 한다고, 어쩌면 캐리어 들고 뛰어야 할 수도 있으니 내 뒤에 잘 따라오라고 했는데 대체 엄마는 어디에 있는 거지?

왔노라, 보았노라,
우리가 도착했노라!

침 한번 삼키고 눈을 크게 뜨고 다시 엄마를 찾았다.

정신을 바짝 차려야 했다. 여기서 엄마를 잃어버리면 당장 숙소가 없는 문제보다 더 큰 상황에 맞닥뜨리게 될 것이다. 기차가 기다리고 있었다는 기쁨도 잠시, 가장 중요한 엄마가 없어졌다. 결코 끝날 때까지 끝난 게 아니다.

"엄마!!!!!!!!!!!!!!!!!!!!!!!"

당장 누구에게 도움을 요청해야 할지 머릿속이 새하얘졌다.

앞으로 나는 영영 엄마와 해외여행 오는 일은 없겠지. 그러니 제발… 제발!

눈물이 차올랐지만 흐릿해지려는 눈을 다시 크게 뜨고 엄마를 찾았다.

'아! 저기! 엄마. 우리 엄마다!'

엄마는 내가 방금 내린 기차 안에서 수많은 여행객들 사이에 끼여 나를 찾고 있었다. 다행히도 엄마는 무사히 기차에서 빠져나올 수 있었고, 제시간에 출발했으면 타지 못했을 마지막 기차 역시 연착되는 바람에 우리는 무사히 슈피츠행 기차에 탑승할 수 있었다.

"엄마, 얼마나 놀랐는지 알아? 왜 안 내리고 기차 안에 있었어?"

"너 따라서 막 일어나그냉(일어나서) 나오려고 해신디 갑자기 사람들이 몰려부난 캐리어 놓칠 거 닮아서(같아서) 나올 수가 없언."

짜증을 내어서 무엇하랴. 엄마가 내 옆에 있으면 그걸로 된 거다.

아, 이런 상황이 만약 프로그램 촬영 때 일어난 일이면 그야말로 대박인데. 한 회를 가득 채우고도 남을 만큼 쫄깃한 분량임이 틀림없다. 물론 현장에 있던 제작진은 사색이 되겠지만.

결국 우리는 무사히 슈피츠역까지 갈 수 있게 되었다. 물론 슈피츠가 최종 목적지는 아니었지만 어쨌든 인터라켄에 좀 더 가까워진 것이다.

슈피츠역에 도착하자 비로소 안도의 한숨을 내쉬었다. 인터라켄까지는 20km. 이 지역에서 잔다고 해도 앞으로 우리의 여행 일정에 크게 무리는 없을 것이다. 그러나 나는 마지막 희망을 놓지 않고 버스정류장을 찾아 역사 밖으로 나가보았다.

겨우 하나 세워져 있는 가로등 불빛이 지붕 위의 슈피츠역이라는 글자를 어렴풋이 비추고 있었다. 어둠을 뚫고 지나가는 차 한 대도 없이 우리가 끌고 있는 캐리어 바퀴소리만 요란하게 들렸다.

정류장 앞에 다다르자 담배 연기가 자욱했다. 남자아이들 네다섯 명이 몰려 앉아 담배를 피우고 있었다. 괜히 엮이면 좋지 않겠다 싶어 모른 척하고 버스시간표를 바라봤지만 딱히 방법이 없었다.

이미 내 체력은 가수면 상태에 돌입. 겨우겨우 정신력으로 버티고 있었다. 살짝 밀기만 해도 바닥에 쓰러질 것 같았다. 나의 에너지는 핸드폰 배터리처럼 전부 소진된 상태였으니까.

이제 진짜 어떻게 하지. 솔직히 여기가 인터라켄행 버스를 탈 수 있는 정류장이 맞는지도 모르겠다.

'버스는 이미 끊겼겠지? 여기서 기다리면 오긴 오려나. 근처에 가까운 호텔은 어디에 있을까.'

이런저런 생각을 하고 있는데, 담배 피우던 남자 무리 중 한 녀석이 다가왔다.

'누나가 지금 많이 힘든 상태거든. 그냥 놔두고 좀 지나가 줄래?'

그럼 그렇지. 바람과는 반대로 녀석은 내게 다가와 말을 걸었다. 가까이서 보니 내 남동생보다도 한참은 더 어려 보였다. 못 알아들었지만, 아마도 어디까지 가냐고 묻는 것 같았다.

혹시나 싶어서 인터라켄 동역으로 가는 버스를 타야 한다고 대답하니 여기가 맞단다. 그리고 시간표를 보더니 기다리라고 온 힘을 다해 보디랭귀지로 설명해주는 것이었다.

'누나도 그 정도는 알아들어.'

10분 정도 기다렸더니 진짜 저 멀리 어둠 속에서 버스 한 대가 정류장으로 들어왔다. 아이들이 박수를 치며 빨리 타라고 손짓했다.

버스 기사에게 다시 한 번 확인한 후 버스에 올랐다. 캐리어를 무릎 앞에 끼워 넣고 창문 너머 손을 흔들어 아이들에게 감사의 인사를 전했다.

'이제 보니 너희들, 무척 착한 아이들이로구나!'

깜깜한 도로를 40분쯤 달렸을까. 창문 밖으로 〈꽃보다 할배〉 유럽 편을 준비할 때 답사차 와본 익숙한 풍경이 눈에 들어왔다. 드디어 최종 목적지인 인터라켄 동역에 도착하게 된 것이다.

왔노라, 보았노라, 우리가 도착했노라!

조심스레 호스텔 문을 열고 들어갔다. 늦은 시각인데도 아직 로비에는 한국 여행객들이 삼삼오오 모여 잡담을 나누고 있었다. 귓가에 부딪히는 한국어가 반가워 하마터면 누구 하나 붙잡고 오열할 뻔했다.

직원에게 숙박 시 주의사항을 안내받고 이불 커버와 베개 커버를 챙겨 드디어, 드디어! 예약한 트윈룸 앞에 도착했다.

"진짜 고생했."

"여기까지 오느라 수고했어, 엄마. 나 솔직히 말하면 아까 기차 놓쳤을 때 울고 싶었다?"

베네치아에서 출발해 인터라켄까지 오는 동안 유난히 말을 아꼈던 엄마가 방문을 닫으며 겨우 입을 뗐다.

몸은 천근만근인데, 점심은커녕 저녁도 먹지 못한 엄마가 걱정돼 서둘러 호스텔 복도 사이사이를 헤집으며 전자레인지를 찾아냈다. 계획대로라면 밤 10시에 체크인을 하고 10시 30분에 컵밥으로 저녁을 해결하는 일정이었다. 비록 밤 12시가 되어서야 아주 늦은 저녁식사를 하게 되었지만 어쨌든 일정대로 엇비슷하게 해냈다.

잠시 충전한 핸드폰으로 엄마가 컵밥 먹는 모습을 사진 찍어 여동생에게 전송했다. 우리는 무사히 인터라켄 유스호스텔까지 잘 도착했다는 문자메시지와 함께.

어라? 한국에 있는 동생은 아직 자고 있을 시간인데 바로 전화가 왔다. 연락을 기다렸노라고, 엄마와 언니가 스위스 어딘가에서 비박이라도 할까 봐 걱정돼서 잠을 못 잤다고 했다. 아침 9시 출근이라 조금이라도 잤어야 했는데, 이 긴박한 순간에 자기가 잠들면 우리가 정말 큰일 날 것만 같아 밤을 꼴딱

새웠다고 말했다.

밥을 먹고 한숨 돌리고 난 후에야 엄마가 고백 아닌 고백을
했다.

"난 평생 걱정할 거리를 오늘 하루 만에 다 핸. 여기 와그냉
(와서) 침대에 누워 이시난 무사 겅(왜 이렇게) 고마운지. 기차
놓쳐서 너 혼자 왔다 갔다 하지, 좌석도 없어서 너는 찬 바닥에
앉아있지. 엄마라고 편해시크냐? 평생 그런 가슴앓이는 처음
이연."

엄마는 첫 유럽 여행에 얼마나 놀랐을까.

"이왕 앉은 거 편히 쉬지. 뭐 하러 내 걱정을 해."

"어후, 저 화상. 말이나 못 하면 덜이나 밉지. 너도 엄마 돼봐
라. 엄마 심정을 알 거다."

"엄마. 이게 자유여행의 묘미야. 어때? 짜릿하지?"

"됐쪄. 두 번은 안 허켜(안 할란다). 내가 괜히 자유여행 가켄
해부난(가자고 해서) 이런 일이 생긴 거 닮기도(같기도) 하고.
너가 힘들어 하는디 난 아무 도움이 안 되어부난 그게 제일 속
상핸. 오늘 진짜 고생했쪄. 엄마가 못 도와줘서 미안허다."

엄마의 마음이라는 게 이런 건가 보다.

"잘 자요, 엄마! 오늘 진짜 여행다운 여행했다. 그렇지?"

고산병?
그게 뭐예요?

오랜만에 누가 업어 가도 모를 만큼 꿀잠을 잤다. 아침을 인터라켄에서 맞이했다는 사실이 기적 같았다.

융프라우로 출발하는 기차는 오전 8시 35분에 있었다.

기차 시간에 늦지 않기 위해 부지런히 짐을 싸고 캐리어를 사물함에 보관한 후 조식을 먹기 위해 1층 식당으로 내려갔다.

그런데 엄마가 계속 싱글벙글이다. 아침마다 먹는 식빵과 마주했을 뿐인데 이상했다.

"엄마 왜 웃어?"

"좋아서."

"뭐가?"

"스위스 온 게 꿈만 같아."

엄마가 얼마나 스위스에 오고 싶어 했는지 이곳에 도착하고서야 알게 됐다. 엄마의 표정이 말해주고 있었다.

우리가 묵은 유스호스텔에서 왼쪽으로 300m만 걸어가면 인터라켄 동역이다. 여기서 기차를 타고 그린델발트역과 클라이네 사이텍역에서 두 번 환승 후 융프라우요흐역까지 올라가게 된다.

1층 매표소에서 스위스 패스 할인쿠폰을 보여주고 1인당 132프랑짜리 기차 티켓을 구입한 후 플랫폼 앞에 섰다. 언제 와도 스위스 물가는 후덜덜하다.

"엄마, 융프라우 다녀오는 기차표가 일인당 17만 원이다? 미쳤지?"

"스위스니까 그럴 수 있어. 아깝다고 생각하지 마."

"아니, 뭐 아까워서 그러나. 그냥 그렇다고."

평소 버스를 탈 때면 환승 시간을 계산해가며 교통비를 아끼던 엄마가 웬일로 17만 원의 교통비도 괜찮다고 했다. 짠순이 엄마가 스위스에서만큼은 무장해제가 됐나보다.

기차를 타자마자 엄마가 말이 많아졌다. 놀이동산에 처음 와본 어린아이 같았다.

"저 노란 꽃 보이맨? 제주도 유채꽃 같다이."

"엄마 나도 눈 있어. 누가 봐도 민들레 같은데 뭘."

"아니. 한국엔 어서(없어). 저 언덕에 집은 어떵(어떻게) 지어실거니(지었을까)? 알프스 소녀 하이디처럼 나도 저런 데서 살고 싶다이."

엄마 지금 누구랑 얘기해? 받아주는 사람은 이 기차 안에서 나뿐인 것 같은데 내 대답은 듣지도 않고 혼자 끊임없이 말을 이어갔다. 대화라기보다 엄마의 혼잣말이라고 하는 게 맞겠다. 그토록 오고 싶어 했던 스위스에 처음 와본 엄마의 눈이 초롱초롱 빛났다.

열두 살 아이의 호기심 가득한 눈빛처럼 예순둘의 눈빛도 나이와 상관없이 빛나고 있었다.

"진짜로 이런 데가 있었구나."

"엄마, 스위스는 어디가도 다 이런 풍경이야. 흔한 동네 풍경!"

"저 노란 꽃 보이맨?
제주도 유채꽃 같다이."

몇 번 와봤다고 별다른 감흥이 없던 나는 창밖만 뚫어져라 쳐다보는 엄마를 바라보면서 혼자 떠났던 나의 첫 여행을 떠올렸다.

내가 처음으로 혼자 떠난 여행지는 체코 프라하였다. 스물다섯 살, 고작 해봐야 항공권 비용을 겨우 모아서 떠나온 아니, 도망쳐온 곳이었다.

내가 막내작가로 일하고 있던 프로그램은 시청자들의 많은 사랑을 받으며 승승장구했지만 정작 나는 지칠 대로 지쳐있었고 모든 게 싫증나 있었다.

'여기만 아니면 돼. 어디라도 좋아.'

그렇게 무작정 짐을 싸서 떠났다.

아침이고 저녁이고 카를교 앞에 가만히 서 있기만 해도 그냥 좋았다. 체코 대표 음식은커녕 천 원짜리 과자로 끼니를 때우고 오후 5시면 묵고 있던 한인 민박집으로 돌아가 무료로 제공되는 저녁을 꼬박꼬박 챙겨 먹으면서도 마냥 좋았다.

내가 꿈꾸던 풍경 속에 와 있는 것만으로도 너무 행복했었다, 그때는. 지금 엄마의 표정이 그때 내 표정이었겠지? 그럼 지금 엄마는 행복하겠네. 그때의 나처럼. 표정은 거짓말을 하지 않는다. 행복도 사랑처럼, 기침처럼 숨길 수가 없다. 핸드폰 카메라를 켜고 행복해하는 엄마를 담았다. 물론, 미래의 어느 날 더 생생하게 엄마를 찾아볼 수 있게 동영상으로.

"엄마, 여기 봐봐! 이거 송미랑 범수한테 보낼 동영상이야. 한마디씩 해."

"엄마 지금 스위스 왔다. 약 오르지. 메롱~"

아니 어머니, 한국에서 열심히 돈 벌고 있는 둘째 딸과 국방 의 의무를 다하고 있는 아들에게 그게 무슨 막말입니까.

여동생 : 언니, 지금 엄마가 나한테 메롱이라고 하는 거 맞 아?

나 : 응…. 엄마 신났거든.

여동생 : 나도 올해 여름휴가 때 반드시 스위스 가고 말 거 야! 거기 날씨는 어때?

나 : 엄청 좋아. 일기예보에 비 온다고 해서 걱정했는데 날씨 가 도와줬어.

역시나 동생은 동영상을 보자마자 문자메시지를 보내왔고 나는 이 상황을 설명하느라 정신이 없었다.

출발할 때는 파릇파릇한 봄이었던 인터라켄의 날씨는 기차를 타고 위로 올라갈수록 점점 겨울 풍경으로 조금씩 바뀌고 있었다.

"엄마, 밖에 봐봐. 만년설로 뒤덮인 알프스야."

"우와. 진짜 눈이 엄청 쌓여있네. 방금까지 나무랑 꽃이 가득했는데…."

"틈틈이 물 많이 마셔둬. 융프라우가 해발 4,158m거든? 고산병 올 수 있으니까 조심해야 해."

"그럼 한라산(1,950m)보다 두 배 높은 거네이. 너는 안 마실거?"

땅덩어리의 크기도, 바다 색깔도, 산 높이도 엄마한테는 모든 게 제주도가 기준이 된다.

"난 이 정도 높이에서는 고산병 없어. 여러 번 시험해봤는데, 없더라고."

"엄마도 없을 수 있잖아."

"고산병은 평소 건강상태나 체질, 식습관 이런 거 상관없더라고. 혹시 모르니까 물 많이 먹어두셔.”

고산병은 고지대로 갈수록 외부 산소 농도가 떨어지는 증상으로, 술에 취한 것처럼 어지럽거나 몸살처럼 얼굴이나 손발이 붓기도 하고 식욕이 없어지는 등 다양한 증상이 나타난다. 적응 시간을 가지며 약물을 복용하기도 하지만, 충분한 수분을 보충하는 것만으로도 고산병 예방에 도움이 된다.

내가 〈꽃보다 청춘〉 촬영을 위해 남미 페루에 갔을 때였다. 나스카를 떠나 쿠스코로 가는 길은 멀고도 험했다. 버스로 15시간, 670km를 달려야 하는데 출발하자마자 5시간 동안은 내내 고산 지역으로 올라가기 때문에 잠을 자기도 힘든 코스였다.

그렇게 10시간을 달리다가 도로가 막혀 잠시 버스 밖으로 나와 쉬었을 때 찍은 사진이 〈꽃보다 청춘〉 페루 편의 메인 포스터가 되었다. 출연자들의 표정은 진심이었기 때문에 다른 사진들보다 리얼했고 강렬했다.

쿠스코는 해발 3,360m. 쿠스코에 도착하자마자 출연자와 제작진, 스태프들까지도 힘들어했다. 헬리캠 감독님은 촬영

중단, 카메라 감독님은 산소마스크를 입에 물고 촬영을 해야
하는 상황이었다.

그야말로 고산병의 무시무시함을 몸소 느낄 때, 유일하게
나와 유희열 오빠만 멀쩡했다. 출연자들 중에 연약함을 담당
했고(?) 누가 봐도 가장 먼저 쓰러질 것 같았던 그가 컨디션이
제일 좋았으며, 나 역시 당장 체력장을 해도 될 만큼 쌩쌩했
다. 고산병이 어떤 사람에게 나타나는 건지 아직까지 알아내
지 못했지만, 어쨌든 나는 없는 걸로.

기차는 두 시간을 달려 융프라우 입구에 도착했다. 종착역
은 융프라우요흐역으로 '유럽의 지붕'이라고도 불리는 곳이다.
역시 스위스는 기차 여행에 최적화된 나라임이 틀림없다. 산꼭
대기까지 어떻게 철길을 만들었을까. 기차표가 비싼 이유가 있
다. 이 역에서 하차한 후, 엘리베이터를 타고 산꼭대기로 올라
가 밖으로 나가면 융프라우(4,158m), 묀히(4,099m), 아이거
(3,970m) 등 알프스 3대 명산의 봉우리를 만나게 된다.

"엄마, 심호흡 크게 하고. 스위스 즐길 준비되셨나요?"

"네!"

"융프라우에 오신 것을 환영합니다."

입구에는 큰 화면 가득 엄청난 사운드와 함께 융프라우의 전경을 담은 영상이 재생되고 있었다. 한 걸음 한 걸음 앞으로 이동할 때마다 엄마는 융프라우의 엄청난 매력에 빠져 정신을 못 차리기 시작했다.

"나 여기서 사진 한 장 찍잰."

"여기 너가 좋아하는 커다란 스노우볼 이신게."

"이거 전부 얼음으로 만들어신가?"

자자, 고객님. 진정하시고요. 이제 진짜 융프라우를 만나러 가볼 시간입니다.

"엄마, 이 문으로 나가면 알프스 3대 봉우리가 다 보인대. 준비하시고 하나 둘 셋! 짜잔! 응?"

이게 아닌데, 3대 봉우리 다 어디 갔나요? 엘사가 와서 얼음을 쏘고 갔나. 우리 눈앞에 펼쳐진 장면은 그야말로 겨울왕국이었다. 올라프처럼 눈보라에 휩쓸려 날아가지 않으려면 뭐든 잡고 있어야 했다.

원래 계획대로라면 이곳에 서서 3대 명산을 배경으로 스위

스 국기를 잡고 멋지게 인증샷을 찍어야 하는데 이거야 원, 제대로 서 있기도 힘들었다.

'한 치 앞도 안 보인다'는 이럴 때 쓰는 말인가 보다. 간신히 스위스 국기가 있을법한 위치까지 더듬더듬 찾아갔다.

"엄마, 일단 이거 잡아봐. 이거 스… 위스 국… 기!"

사람 살려. 입술이 얼어붙어 말도 제대로 안 나왔다. 눈이 휘몰아쳐 눈물이 저절로 흘렀다. 절대 슬픈 게 아니었다.

"평생 볼 눈을 여기서 다 봄신게."

"엄마, 일단 안으로 들어가자. 인증샷 두 번 찍다가는 우리가 죽겠어."

산 밑 인터라켄의 날씨가 아무리 좋아도 산꼭대기 융프라우의 날씨를 보장할 수는 없다. 멀쩡하게 하늘이 맑다가도 순식간에 구름이 몰려와 결국 만년설로 뒤덮인 봉우리를 못 보고 발길을 돌리는 경우가 허다했다. 오죽했으면 '3대가 덕을 쌓아야 융프라우를 볼 수 있다'라는 말이 생겼을까? (아, 그건 마터호른인가?)

"정미야, 지금 바닥 흔들리맨?"

"응? 그게 무슨 말이야? 아 엄마, 그게 바로 고산병이야!"

"휘청거려서 안 되크라. 잠깐 쉬자."

"그럼 매점 가서 쉴래? 고산병에는 컵라면이지! 안쪽에 매점 있어."

매점에 들어선 엄마는 정신없는 와중에도 메뉴판에 적힌 컵라면 가격을 확인하며 눈이 휘둥그레졌다. 신라면 7.9프랑, 블랙 신라면 9.9프랑 되시겠다.

"무사(무슨) 컵라면이 만 원이나 하맨? 예전에 한라산 윗세오름에서 파는 컵라면도 천오백 원이었는데."

"엄마, 근데 저 컵라면 공짜로 먹을 수 있어. 내가 한국에서

쿠폰 인쇄해 왔거든.”

 “그런 것도 이서(있어)? 잘 준비해신게.”

 “잠시만, 금방 주문하고 올게.”

 1만3천 원짜리 컵라면을 공짜로 들고 위풍당당하게 걸어오
니 주변에서 작은 웅성거림이 느껴졌다. 통신사 찬스로 블랙
신라면으로 업그레이드까지 빠밤! 그 누구도 부럽지 않은 짜
릿한 순간이었다.

 “엄마, 어지러운 건 좀 어때? 괜찮아?”

 “매콤한 거 먹으난 좀 살아지크라.”

 “역시, 한국인에게 라면은 만병통치약이지.”

 “60평생 최고의 라면 맛이다! 옛날엔 라면도 비싸서 국수
더 넣고 먹었는데이. 살다살다 융프라우 와서 라면도 먹어본
다이.”

 “이번 여행 와서 엄마 최고의 음식 리스트가 바뀌었네? 최
고의 떡갈비는 비행기 기내식으로 먹었고, 최고의 라면은 융프
라우 꼭대기에서 먹어보네.”

 “기이(그런가)? 그럼 다음엔 또 뭐가 맛있을건가이?”

 “아쉽다. 여기에 엄마가 만든 파김치만 있으면 딱인데.”

"한국 가면 만들어주크라. 근데 라면 진짜 맛이신게."

"아이고, 우리 엄마. 컵라면 먹으러 융프라우에 또 한 번 와야겠네."

한국에 가서 파김치에 호로록 라면 먹을 생각하니 또다시 침이 고였다.

가장 맛있는 라면을 먹고 싶다면 스위스 융프라우가 정답입니다. 물론 고산병은 책임지지 않습니다.

돈
줍는 날

"날씨 때문에 융프라우 제대로 못 봐서 아쉽지 않아?"

"어떵 안 해(괜찮아). 기차 타고 본 풍경이 너무 좋안. 맛있는 라면도 먹었고."

"엄마, 이제 우리 루체른으로 갈 거야. 〈꽃보다 할배〉에 나왔던 곳, 알지?"

"그 다리 이름이 뭐더라? 카… 를교?"

"그건 프라하에 있는 다리 이름이고. '카'로 시작하는 다른 이름이야."

"카? 카펠교는 아니지?"

"맞았어! 우리 그거 보러 가는 거야. 나는 스위스 도시 중에 루체른이 제일 좋더라고."

루체른으로 떠나기 전, 우리는 유스호스텔에 맡긴 캐리어를 찾고 로비 의자에 앉아 비상식량이었던 초코바를 하나씩 꺼내 먹으며 다음 목적지에 대해 이야기를 나눴다.

"시간이 촉박하지 않아서 좋네. 숙소가 역이랑 가까워서 다행이야."

유스호스텔 바로 옆에는 융프라우로 출발하는 역이 있었고 마트도 멀지 않았으니 여러모로 최고의 숙소였다.

"나는 솔직히 이 숙소 별로연."

"응? 왜?"

"그동안 호텔에서 자서 복에 겨워 그런가, 여관처럼 침대 매트리스도 그냥 스펀지였고 분위기도 어수선해서 영 별로더라고."

"유스호스텔이니까 당연히 호텔이랑 비교하면 안 되지! 엄마 생각해서 2인실로 한 건데, 다른 사람이랑 같이 자는 도미토리룸으로 예약했으면 아주 큰일 날 뻔 했구만."

어제 그 스펀지 침대에서 코까지 골면서 주무신 분은 누구시더라?

사실 도미토리로 예약하지 않은 이유는 엄마의 코골이 때문이었다. 엄마 때문에 다른 숙박객들에게 피해가 될까 봐. 물론 엄마가 가족 외에 다른 숙박객과 한 방에서 같이 잠을 자야 한다고 하면 신경 쓸 것 같아 배려한 이유도 있었다. 그러나 두 배 넘는 돈을 더 내고 2인실로 예약한 보람은 없었다. 아무래도 엄마는 유스호스텔 자체가 불편하고 어색했나보다.

여행 갈 때 잠자리는 상관없다고 말하는 부모님들의 말을 반드시 기억하세요. 그거 다 뻥입니다. 잠만 잘 건데 뭐하러 숙소에 큰돈 쓰냐고 하시는 말씀, 곧이곧대로 믿으시면 큰일납니다.

"이거 뭐? 이거 돈 아니지?"

"엥? 엄마 이거 어디 있었어? 이거 돈이야!"

"쓰레기통 옆에서 주원. 누가 쓰레기 버리러 갔다가 흘린 거 닮은게(같아)."

"오예! 20유로!!!!!!!!!!! 2만6천 원이야."

기차역으로 가는 길, 초코바 껍질을 쓰레기통에 버리러 간 엄마가 돌돌 말린 종이 조각을 주워와 내 손바닥 위에 올렸다. 담배 개비 모양으로 접은 20유로짜리 지폐였다.

아무리 주위를 둘러봐도 여행객은 우리뿐, 아무래도 이 돈의 진짜 주인은 나타나지 않을 것 같았다.

"그래도 주인이 찾으러 올 수 이시난 5분만 기다려보게."

"오지 않을 것 같은데…. 집에 가서나 알아챌걸. 아니면 평생 돈을 잃어버린 사실을 모를 수도 있어."

길었던 5분이 지나자 나는 돌돌 말린 20유로를 곱게 펴서 지갑 속으로 냉큼 집어넣었다.

엄마는 가끔 돈을 잘 줍는다. 길거리에서 만 원짜리, 천 원짜리, 심지어 동전도 쏠쏠하게 주웠다. 언젠 태국 여행을 갔을 때도 돈을 주웠다. 민속촌 관람을 마치고 나와 투어 버스를 기다리며 벤치에 앉아 있는데, 엄마가 스윽 일어나더니 무언가 주워서 나에게 내밀었다.

"이거 뭐?"

"뭐긴 뭐야. 엄마 이거 태국 돈이야."

같은 장소에 함께 있었는데 유독 엄마의 레이더에만 돈이 포착되는 이유는 뭘까? 엄마의 돈 줍는 능력 때문에 소소하게 여행경비에 보탬이 되곤 했다.

스위스 오니까 별일이 다 있네. 우리는 여행경비에 2만6천 원이 늘어난 기념으로 마트를 향해 돌진했다.

"엄마, 주운 돈은 빨리 쓰는 거래. 우리 커피 사 먹자."

그동안 경비 아낀다고 밖에서 커피 한 잔 사 먹은 일이 없었다. 이상하게 한국에서는 하루 두세 잔씩 사 먹는 커피였는데 여행만 오면 사 먹는 게 괜히 아까웠다.

"엄마 껀 이거! 달달하니 맛있을 것 같은데, 어때?"

"좋아!"

"인터라켄이 우리한테 융프라우 못 보여줘부난 미안행 20유로 줘신가."

"하하하. 뭐라고? 돈 잃어버린 사람은 속이 쓰리겠지만 그렇다고 생각하자."

인터라켄 씨! 미안하게 생각 안 하셔도 되는데, 저희에게 준 20유로는 알차게 잘 쓰겠습니다.

저 멀리 우리를 루체른으로 데려다줄 기차가 들어온다.

잘 있어 융프라우. 안녕 인터라켄.

우여곡절 많았던 인터라켄을 뒤로하고 우리는 루체른으로 떠났다.

이번에도 기차역 바로 옆 호텔이다. 꼴랑 100m, 엎어져도 코 닿을 거리다.

유럽에서 캐리어 끌기란 쉽지 않다. 보도블록이 한국의 반의반만이라도 됐으면 많은 여행객들의 캐리어 바퀴가 부서지는 불상사는 막을 수 있었을 텐데 안타깝다.

특히 유럽 길거리를 걸어 다닐 때면 도로가 울퉁불퉁해서 발바닥이 너무 아프다. 그런 바닥에서 캐리어 끌기란 몇 배 더 힘든 일이고.

루체른 지역의 호텔들은 제주도 호텔을 추천해주는 것만큼 자신 있었다. 〈꽃보다 할배〉 촬영을 준비할 때 루체른에 있는 호텔을 1번부터 100번째까지 모조리 조사했었고 다음에 여행 오게 되면 묵으려고 찜해둔 호텔로 바로 예약했다.

방문을 열자마자 엄마가 환호했다.

"이번 호텔이 제일 좋아 보인다이(보여)."

"응. 그럴 수밖에. 가장 비싸거든."

"얼만데?"

"까먹었어. 우리가 그동안 묵었던 호텔보다 비싸다는 거지 얼마 안 해. 이미 결제했으니까 편하게 지내쇼."

"알안. 옷 갈아입고 나가게. 너 좋아하는 루체른 구경 시켜 줘."

사실 이 숙소의 가격은 꽤 비쌌다. 스위스의 물가에서 기차역 옆이라는 프리미엄까지 붙어서 전날 숙소의 따따블쯤 되려나? 가격을 알면 당장 무르고 나가자고 할 것이므로 엄마에게는 비밀이었다.

루체른의 날씨는 제법 쌀쌀했다. 유럽 남부인 이탈리아와 서유럽인 스위스 날씨는 사뭇 달랐다. 겉옷을 챙겨 입고 루체른 구경에 나섰다. 반나절이면 충분히 도보로 구경 가능한 곳이 바로 루체른이다.

루체른이야말로 로마보다 훨씬 더 길 찾기가 쉽다. 카펠교 근처에서 〈꽃보다 할배〉 유럽 편 마지막 촬영을 했었는데 다시 오니 감회가 새로웠다. 지금 당장 핸드폰 지도가 없어도 전혀 문제 되지 않을 만큼 그때의 나는 루체른 골목을 열심히 뛰어다녔었다.

이곳에 엄마랑 다시 오게 될 줄이야!

"엄마, 여기 다리 이름 외웠지?"

"카를교!"

"카! 펠! 교! 카를교는 프라하에 있다니까 왜 자꾸 찾아~"

"너도 엄마 나이 되어봐라. 기억력이 자꾸 가물가물햄신디. 카펠교면 어떵 카를교면 어떵?"

엄마의 나이 공격에 말문이 막혔다. 나이를 언급하는 건 반칙이다.

카펠교는 유럽에서 가장 오래된 목조 다리로 약 200m의 길이를 자랑한다. 루체른의 대표 명소는 카펠교 외에도 빈사의 사자상이 있다. 카펠교에서 걸어서 10분. 입장료도 없다. 웬만한 여행객들이 거의 다 빠져나간 시간이라 한산했다.

"엄마, 저기 벽에 사자 조각상 보이지? 프랑스 혁명 때 루이

16세와 마리 앙투아네트가 살고 있던 궁전을 지키다가 전사한 스위스 용병들을 기리기 위해 만든 거래. 사자 표정 보면 고통스러워하는 거 같지? 사자가 그 용병들을 상징하는 거야."

한참 엄마한테 빈사의 사자상에 대해 설명하고 있는데, 한 여자가 주뼛주뼛 다가와 일본어로 말을 걸었다.

"아노 스미마셍, 샤신오 톳데 모라에 마스까(미안하지만, 사진을 찍어줄 수 있습니까)?"

"하이. 이치 니 산(네. 하나 둘 셋)!"

"아리가토 고자이마스(감사합니다). 아나타와 니혼징 데스까(당신은 일본인입니까)?"

"이에(아뇨). 와타시와 캉코쿠진 데스(저는 한국인입니다). 오쯔카레사마(수고하세요)."

일본인의 눈이 동그래졌다. 그래, 한국인이 일본어 해서 놀랐겠지.

제2외국어로 일본어를 배웠더니 이럴 때 써먹는다. 고작해야 철수와 영희가 대화하듯 교과서 두 번째 단락에 나오는 대화 수준이었다. 연달아 마치 줄 서서 기다린 듯한 한국인 여행객도 사진을 찍어달라고 부탁해왔다. 내가 사진 잘 찍게 생겼나?

"익스 큐즈 미, 캔 유 테이크 어 픽처 플리즈?"

"네. 카메라 주세요!"

"어? 한국 분이세요? 일본인인 줄 알고….."

"아니에요. 누가 봐도 저 한국인처럼 생기지 않았어요?"

"처음에 어머님이랑 들어오는 거 보면서 한국인 줄 알고 가까이 왔는데 일본어 하셔서 놀랐어요. 제가 먼저 어머님이랑 같이 사진 찍어 드릴게요."

덕분에 엄마와 같이 사진을 찍었다. 앞으로 루체른은 〈꽃보다 할배〉 촬영지가 아니라 엄마랑 같이 온 여행지로 먼저 기억될 것 같다.

"엄마, 이제 호텔로 돌아갈까?"

"어. 비싼 호텔 가서 좀 쉬게!"

엄마가 평생 호텔 가격을 몰랐으면 좋겠다. 호텔로 향하는데 엄마가 외쳤다.

"정미야, 이거 뭐?"

20라펜(250원)짜리 스위스 동전이었다. 오늘 돈 줍는 날이야 뭐야. 행운의 여신은 여전히 엄마 편인 듯하다.

신은 나에게
리기산을 주지 않았다

"망했네. 왜 하필 오늘 비가 오는 거야."

침대에서 두 걸음, 커튼을 열고 '오늘의 날씨'를 확인했다. 부디 일기예보가 틀리길 기도하면서 잤건만, 스위스 기상청은 너무나 정확했다.

"엄마, 오늘 리기산 가려고 했는데, 비와서 어쩌지?"

"겅해도(그래도) 가보게. 산 위의 날씨는 어떨지 모르네."

리기산으로 올라가는 코스는 크게 두 가지. 올라갈 때는 루체른 선착장에서 피츠나우 선착장까지 유람선을 타고 가서 피츠나우역에서 종점인 리기쿨룸역까지 산악열차를 타고 간다. 반대로 내려올 때는 한 정류장 걸어 내려와서 리기 칼트바트역에서 베기스역까지 케이블카를 타고 이동한 후 다시 루체른 선착장까지 유람선을 타고 오면 된다. 스위스 패스 소지자는 이 모든 교통편이 무료다.

등산을 좋아하는 엄마에게 리기산에서의 한 시간 정도 산행은 꽤 괜찮은 경험이 될 것이다.

비만 안 오면 된다. 제발, 제발!!!

간절한 기도와 함께 우리는 유람선을 타고 피츠나우를 향해 출발했다. 그런데 피츠나우 선착장에서 내려 산악열차로 환승할 때부터 예감이 좋지 않았다. 산 밑에서 올려다보니 이미 안개 때문에 산악열차가 올라갈 철길이 보이지 않았다. 리기산 정상에서 스위스 자연을 온몸으로 느껴야 제격인데…. 안개 자욱한 리기산은 맑은 날의 리기산과 완전히 다르다. 결론은 우리 망했어요.

한국에서 떠나기 전부터 스위스 일정 내내 비 소식이 있어서 걱정했었다. 그동안 날씨 요정이 도와줬는데, 리기산만큼은 신도 어쩔 수 없었나 보다.

리기산 정상에 도착하니 설상가상으로 비가 아니라 눈이 내렸다. 에헤라디야~ 5월에 눈을 보고 싶다면 스위스에 오면 되겠네.

우리가 타고 온 산악열차 뒤꽁무니조차 안개에 가려 제대로 보이지 않았다. 5년 전, 왔던 길을 기억해내며 한 발자국 한 발자국 정상으로 향하는 이정표 앞까지 찾아갔다. 리기쿨

룸역에서 리기산 정상까지는 가파른 길과 완만한 길 두 코스로 나뉘어 있다. 젊은이 이정표가 안내하고 있는 가파른 길은 170m, 노인 이정표가 안내하고 있는 완만한 길은 270m 걸어 올라가야 한다.

"엄마, 여기 정상까지 가는 방법이 힘든 젊은이 코스랑 쉬운 노인 코스 두 가지 있거든? 쉬운 길로 올라갈 거지?"

"아니. 아직은 나 노인 아니. 젊은이 코스로 가잰."

젊은이가 안내하는 길로 엄마가 성큼성큼 올라갔다. 여기가 천국인지 지옥인지 정말 앞이 하나도 안 보였다. 구름 속을 걷는다고 해야 하나. 잘못하다가는 먼저 올라가는 엄마의 뒷모습도 곧 사라져버릴 것 같았다.

정상에 서서 아무것도 보이지 않는 안갯속을 바라보며 나는 핸드폰으로 날씨만 좋았으면 볼 수 있었을 전경 사진을 찾아 엄마에게 보여줬다.

"엄마, 원래는 리기산이 이렇게 멋진 곳인데…. 하나도 안 보이네."

"어떵 안 해(괜찮아). 너 잘못도 아니고. 날씨가 이런 걸 미안해하지 마."

"다음에 날씨 좋은 날 다시 리기산에 오자, 엄마."

"지금 예순둘인데 앞으로 또 와 질건가."

"아직 60밖에 안 됐구만 뭘. 방금도 젊은이 코스로 올라왔는데 뭐가 걱정이야. 지나가던 할머니들이 웃겠다."

"누가 보면 나도 할머니인 줄 알걸?"

"아니야. 엄마는 엄마들 중에 제일 젊어. 나도 몇 년 만에 또 다시 스위스에 오게 될 줄 몰랐어."

"스위스는 진짜 백번 와도 좋을 것 닮아(같아)."

"스위스가 그렇게 좋아? 나라가 얼마나 많은데 왜 하필 스위스에 또 오고 싶어?"

"나 혼자 마음속으로 상상한 스위스가 있어신디 와보난 똑같은게."

"그건 다행이네."

다시 루체른으로 돌아가는 길. 리기 칼트바트역에서 베기스역까지 이동하는 케이블카의 운행이 기상 악화로 중단됐다. 내려갈 때도 올라올 때처럼 산악열차를 타야만 했다. 게다가 안개와 눈비를 뚫고 이 날씨에 한 시간 산행을 하는 건 무리였다.

날씨 탓이라 어쩔 수 없지만 못내 아쉬운 건 엄마도 마찬가지.

엄마는 눈 쌓인 벤치 앞에 서서 잠시 고민하더니 손가락으로 글씨를 쓰기 시작했다. 벤치 위에 새겨진 세 글자, 리기산. 그 세 글자에 엄마의 마음이 꾹꾹 눌러 담긴 것 같아 가슴 끝자락이 저려왔다.

엄마, 날씨 좋은 날 리기산에 다시 오는 그날까지 언제까지고 건강히 제 옆에 있어주세요.

어서와,
베른은 처음이지?

리기산을 뒤로한 채 산악열차를 타고 내려오는 길, 갑자기
엄마가 나에게 물었다.

"스위스 수도는 어디?"

"베른."

"베른은 여기서 멀어?"

"글쎄, 루체른에서 가까웠던 것 같은데. 잠시만, 검색 좀 해
볼게. 보니까 기차로 한 시간쯤? 왜?"

"우리 기차표가 아무 데나 갈 수 있는 무제한 맞지?"

"응. 3일 동안 그렇다고 볼 수 있지."

"그럼 베른 가보카(가볼까)?"

엄마는 오후 시간이 남았으니 스위스 수도에 가보고 싶다고 했다. 나의 계획에는 없었던 도시, 베른에 말이다.

우리 여행의 일정과 방문 도시는 100% 내가 짰다. 항상 엄마에게 이동 계획 말할 때면 '네가 알아서 해. 엄마는 너 쫓아다닐게'라고 말하던 엄마였다. 그런 엄마가 여행 중에 어디를 가보고 싶다고 한 것은 처음이었다. 잠시 놀랐지만 무덤덤하게 알겠노라고 대답하며 촬영차 갔었던 스위스 수도 베른을 기억해내기 시작했다.

"아 엄마, 베른에 곰! 진짜 곰 있어! 베른은 곰 보러 가는 곳이야."

스치는 기억을 겨우 쥐어짜며 그 도시에 대해 아는 척을 해댔다.

루체른 선착장에 내리자마자 바로 앞 루체른 기차역으로 들어가 베른으로 떠나는 플랫폼을 확인하며 엄마에게 물었다.

"엄마, 이 기차 타면 베른으로 갈 수 있어. 정말 갈 거야?"

"응! 스위스 왔는데 수도는 가봐야지. 혹시 너 피곤해?"

"그럴 리가. 그럼 타자!"

엄마가 기대하고 있었던 융프라우와 리기산의 연이은 실패로 나는 스위스 일정 내내 엄마의 기분을 살피고 있었다. 엄마의 기분이 좀 더 나아진다면야 베른이 아니라 반달곰 우리 안이라도 들어갈 작정이었다.

스위스 수도 베른은 스위스 최초로 유네스코 세계문화유산에 등재된 곳이다. 한 나라의 수도지만 여행지로 그다지 인기 있는 도시는 아니다. 융프라우가 있는 인터라켄, 마터호른이 있는 체르마트, 카펠교와 빈사의 사자상이 있는 루체른이 수도인 베른보다 훨씬 유명하다.

오죽하면 스위스 수도를 취리히로 알고 있는 사람들도 많을까. 아, 이건 '부루마불'이라는 보드게임 때문인지도 모르겠다.

베른역에서 나와 진짜 곰을 만나러 가는 길. 역 밖으로 나가는 순간 뭔가 이질감이 느껴졌다.

'왜 왔던 길이 생각이 안 나지?'

믿어 의심치 않았던 내 머릿속 내비게이션이 고장이라도 났나. 기억이 뒤죽박죽 엉켜서 헷갈리기 시작했다.

'내 기억이 맞다면 이쪽으로 가면 되는데. 왜 낯설지?'

곰 공원으로 가는 길이 정확하게 생각나지 않아 찝찝함을 느끼고 있을 때였다.

세상에! 나는 이곳에 온 적이 없다! 나는 〈꽃보다 할배〉 촬영 중 선발대로 다른 지역으로 먼저 이동했고 베른은 출연자들만 여행했던 곳이었다. 나 역시 방송을 통해 봤으면서 베른에 왔다고 착각한 것이다.

"어디로 갈 거? 걸어서 갈 수 이서(있어)?"

엄마, 나도 여기 처음이야. 머릿속을 리셋하고 서둘러 핸드폰으로 지도를 검색했다. 베른역에서 나가 1.5km를 걷다 보면 베른의 상징 아레강을 건너는 니데크 다리가 있고 이 다리를 건너면 곰 공원에 도착한다. 오케이, 입력 완료.

시내 한복판에서 곰을 만날 수 있다니! 서울 광화문 광장에 곰이 산다고 하면 이런 기분일까. 다리가 아픈 백일섭 선생님은 베른역 근처 카페에 앉아계셨고 곰을 보지 못했지. 이제야 생각이 났다.

"베른 안 왔으면 큰일 날 뻔 해신게. 인터라켄이나 루체른이랑 도시 분위기가 다른게."

"그러게. 나도 베른은 처음 와보네."

"내가 가자고 한 덕분에 너도 베른 와본 거다!"

"응. 엄마 덕분이야. 고마워."

"나 곰 동상 앞에서 사진 찍잰. 잠깐만이. 점퍼 좀 벗고. 사진 보면 매일 똑같은 옷만 입은 줄 아네."

한껏 신경 쓰고 났더니 배가 고팠다.

"엄마, 루체른에 유명한 쌀국수 가게가 있대. 좀 멀긴 한데 거기 가서 저녁 먹을까?"

"비 오는데 호텔에서 가까운데로 가카(갈까)?"

"호텔 근처는 거의 치즈 퐁듀 가게뿐인데 저녁으론 부담스럽지? 퓨전 한식당이 있긴 한데 맛이 어떨지 모르겠어."

"거기로 가보게."

루체른역에서 걸어서 10분 거리. 엄마는 잡채밥, 나는 치킨덮밥을 골랐다.

"잡채 원, 치킨 원. 이즈 잡채 서브 위드 라이스(밥도 함께 나오나요)?"

"예스!"

짧지만 영어로 주문이 끝나자 사장님이 하는 말.

"혹시 한국 분이세요?"

"어머, 네."

"엄마랑 여행 오셨나 보네. 처음에 들어올 때 긴가민가했는데, 영어로 주문하길래 아니구나 싶었어요."

"아, 저도 사장님 보면서 긴가민가해서 영어로 주문했는데…. 하하하!"

"어머님~ 스위스에서는 김치 재료 구하기가 어려워서 한국에서 먹는 것보단 많이 부족하겠지만 한 번 드셔보세요."

엄마랑 같이 왔다며 귀한 김치를 서비스로 주셨다. 얼마만의 김치인가! 엄마 말을 잘 들으면 스위스에서도 김치가 생긴다. 스위스 물가에 이런 서비스라니, 감사히 잘 먹겠습니다.

숟가락으로 막 한입 뜨려는 찰나, 바로 옆자리에 젊은 남녀가 들어와 앉았다.

"내일 비 오민 못 갈 건디 어떵 하잰?"

어라, 이건 한국어 중에서도 제주도 사투리인데?!

이미 나보다 먼저 알아차린 엄마가 말을 건네고 있었다. 누가 보면 엄마가 이 가게 사장님인 줄 알겠네.

"제주도에서 왔수과? 나도 제주도에서 와신디."

"저희 둘 다 제주도 사람이에요. 이번에 신혼여행으로 왔어요."

"보기 좋은게. 제주도 애들이 똑 부러지니까 잘 살꺼우다."

엄마가 제주도 사람을 만나서 그런가 갑자기 넉살이 좋아졌다. 엄마, 제주도 애들 중에 똑 부러지지 않은 애 바로 옆에 앉

아 있어요.

스위스 루체른에서 제주도 사투리 듣기란 서울에서 김 서방 찾기만큼 어려운 일인데 제법 신기한 인연이었다.

나는 준비한 대로, 계획표대로 정해진 여행을 하는 편이었다. 누군가는 자유롭게 떠나는 즉흥 여행을 좋아할 수도 있겠지만 나는 철저히 준비해서 떠나는 여행자였다. 외국어 소통도 제대로 안 되고 사건 사고를 미연에 방지하기 위해서는 계획이라도 철저하게 세울 수밖에 없다고 생각했다. 그러나 계획에서 벗어난 즉흥 여행도 꽤 괜찮았다. 전혀 준비하지 않았던 베른에서 우리는 아무 일도 없었고 정보가 없어도 있는 그대로 즐기면 그만이었다.

비록 리기산의 전경을 보지 못했지만 엄마 덕분에 계획에 없던 베른에도 가봤고, 다른 가게에서 저녁을 먹었다면 만나지 못했을 한국인 사장님과 제주도에서 신혼여행 온 부부도 만났다.

엄마는 점점 '자유여행'을 즐기고 있었다. 오히려 나만 너무 계획표에 집착하고 있었을 뿐. 그래, 계획대로만 하면 재미없지. 엄마가 옆에 있는데 뭐가 걱정이야.

4부

파리의 중심에서
싸대기를 맞다

우리는 스위스 루체른을 떠나 바젤을 거쳐 프랑스 파리에 도착했다. 우리 여행의 종착지는 유럽 대표 여행지, 파리!

그런데, 망했다. 분명 트윈베드로 예약한 것 같은데 신혼부부도 아니고 더블베드 당첨이었다. 사정을 설명했지만 이미 호텔은 만실이란다. 엄마가 근사한 파리지앵이 되려면 당장 잠부터 편하게 자야 할 텐데, 파리에서 3일 동안은 엄마와 꼭 붙어 자게 생겼다.

체크인을 하고 방을 둘러보는데 엄마가 놀라서 외쳤다.

"정미야, 큰일난. 화장실에 변기 어서(없어)."

"뭐가 없다고?"

그럴 리가 없었다. 아무리 3성급 호텔이라도 화장실에 변기가 없는 게 말이 되나. 반대편 문을 열어보니 변기가 있었다. 휴, 다행이다.

"독서실 같고 좋네. 여기선 집중돼서 매일 아침 쾌변하겠어."

"살면서 변기가 따로 있는 호텔에서 자는 건 또 처음이네."

호들갑스럽게 호텔 신고식을 마치고 잠옷으로 갈아입기 위해 캐리어를 정리하다가 이번에는 내가 놀라서 외쳤다.

"엄마, 방금 좀 흔들리지 않았어? 지진인가?"

"지진이라고?"

"봐. 계속 미세한 움직임이 느껴지잖아."

"호텔 주변에 기차역 이서(있어)?"

그랬다. 교통이 좋아 예약한 호텔이었다. 이 호텔에서 도보 15분 거리에 에펠탑이 있었고 코앞에는 지하철역이 있었다. 그러나 지하철역이 가까워도 너무 가까운 게 문제였다. 지하철이 지나갈 때마다 진동이 느껴졌다. 호텔 침대에 누워 지하철을 타고 가는 것처럼 '흔들리는 편안함'을 만끽하고 싶다면 이 호텔을 추천하는 바이다.

"날이면 날마다 오는 기회가 아닙니다. 다람쥐 서비스! 단돈 만 원에 모십니다. 콜?"

다람쥐 소리에 얼른 뒤돌아 누운 엄마는 이미 안마받을 준비 완료!

"자, 엄마는 준비햄. 기차에서 앉아서 와신디도 다리가 아프네이. 이따 너도 씻고 오민 해주크라."

매일 밤 다리가 붓는 엄마를 위해 미니 안마기를 챙겨왔다. 우리 가족은 이것의 이름을 '다람쥐'라고 부른다. 다람쥐로 시원하게 전신 마사지를 하고 엄마 얼굴에 팩까지 올려드렸더니 천국이 따로 없단다. 엄마와 여행하려면 이런 에스테틱 출장 서비스쯤은 기본 아닌가.

나 역시 몸이 찌뿌둥해서 내심 다람쥐 서비스를 기대하고 있었다.

"그럼 엄마, 나 빨리 씻고 올게."

내가 자리를 비운 건 겨우 15분.

'엄마 지금 장난치는 거지? 씻고 오면 내 차례라며. 그사이에 잠드는 건 반칙 아니오!'

엄마는 안마기 따위 저 세상으로 보내고 깊은 꿈나라로 직행하셨다. 힘찬 코골이 소리와 함께. 우리의 오붓한 파리 첫날밤은 진동과 소음으로 깊어갔다.

찰싹! 아닌 밤중에 홍두깨도 아니고 아닌 밤중에 뺨을 얻어맞았다. 얼얼했다. 한순간에 심 봉사처럼 눈이 번쩍 떠졌다. 자다가 이게 무슨 봉변인지. 일어나 주위를 살펴보니 내 베개 위로 쭉 뻗은 팔이 희미하게 보였다. 범인이 밝혀졌다. 내 뺨을 후려친 범인은 세상모르게 주무시고 계시는 고 여사! 나의 엄마였다. 자고 있는 사람한테 화를 낼 수도 없고 그저 허탈했다.

엄마가 암 수술한 부위는 왼쪽 옆구리로, 흉터는 많이 아물었지만 가끔 욱신거린다는 옆구리를 행여 내가 건드리게 될까봐 침대를 정할 때면 엄마는 왼편, 나는 오른편의 침대를 선택해왔다. 그러나 파리에서는 더블베드였기 때문에 엄마의 오른쪽 어깨와 내 왼쪽 어깨를 나란히 붙이고 잘 수밖에 없었다. 잠결에라도 혹시나 부딪힐까 조심스러웠다. 그런데 엄마의 수술 부위를 보호할 생각만 했지 내 얼굴 보호할 생각은 미처 못했다. 34년 살아오면서 뺨 맞아 본 적은 없었는데 아, 되게 아프네. 방 안이 깜깜해도 내 왼쪽 뺨이 벌겋게 부어오른 건 느낌으로도 알겠다.

아침이 밝으면 다람쥐를 해주지 않고 먼저 잠든 것과 잠자는 딸의 뺨에 스매싱을 날린 것에 대한 사과를 제대로 받아내겠다고 다짐했다.

엄마와 한 침대에서 나란히 잠드는 일이 앞으로 몇 번이나 더 있을지 모르겠지만 언젠간 꼭 복수할 테다.

고 여사! 각오하쇼. 불시에 훅 한방 들어갑니다.

파리에서 소매치기를
피하는 방법

파리에서의 첫 목적지는 몽마르트르 언덕. 지하철을 타기 위해 호텔 앞 역으로 내려갔다.

"우리 이번에 여행 와서 교통수단 전부 다 타보네! 유럽 올 때 비행기 탔지, 로마에서 택시 탔지, 스위스에서 버스도 타고 기차랑 배도 타고. 파리 와서는 지하철까지 타잖아!"

"이게 김정미 여행사니까 가능하지, 다른 패키지여행으로 왔으면 택시나 지하철은 못 타봤을걸?"

"아이고~ 고맙수다. 따님."

"엄마, 지하철엔 소매치기 많으니까 조심해야 해. 알겠지?"

아, 엄마는 잃어버릴 가방이 없구나. 나만 조심하면 된다. 의자에 앉아 지하철을 기다리고 있는데 엄마가 나지막이 속삭였다.

"저 사람들 이상해."

"누구?"

"너 옆에 앉은 남자애가 자꾸 저쪽에 흑인 남자랑 손짓으로 사인 주고받는 거 닮아(같아). 따로 앉아있는 게 이상한게."

엄마 말을 듣고 당장 뒤돌아보고 싶었지만 일단 내 크로스가방부터 확인했다. 지하철 표를 구입한 후 제대로 잠그지 않아 지퍼가 반쯤 열려 있는 상태였다.

"엄마, 눈 마주치지 마. 지하철 오면 문 열릴 때 옆 칸으로 뛰어가서 타자."

지하철이 오는지 확인하는 척하면서 뒤돌아보니 앳된 남자애가 앉아있었다. 눈이 마주치자 생글생글 웃는다. 그리고 5m 정도 떨어진 곳에 서 있는 흑인 남자가 눈에 들어왔다. 누가 봐도 일행처럼 보이지 않았다.

나는 그동안 유럽에서 만난 소매치기들을 떠올리며 그들을 의심하기 시작했다(멀쩡한 프랑스 국민을 소매치기로 오해했다면 미안합니다만, 조심해서 나쁠 건 없으니까요).

　내가 만난 첫 번째 소매치기는 〈꽃보다 할배〉 유럽 편 촬영 당시 스위스 기차 안에서였다.

　스태프들도 스위스 절경에 매료되어 너도 나도 창문에 매달려 사진을 찍고 있는 사이, 누군가 외쳤다.

　"너 뭐야!"

　주위를 둘러보니 출입문 앞에서 카메라 감독님이 20대 초반쯤으로 보이는 외국인의 양손을 잡아 제압하고 있었다.

　"얘네 두 명 소매치기야. 다들 가방 확인하세요."

　재빨리 스태프들이 한 명의 주위를 에워쌌다. 안타깝게도 소매치기 청년들이 간과한 게 있었다. 그 칸에 타고 있던 승객 대다수가 우리 촬영 스태프였음을. 그야말로 독 안에 든 쥐. 그사이에 다른 스태프들은 가방을 열어 수백만 원짜리 촬영 장비들이 무사한지 확인했다. 잠시 후 기차의 문이 열리는 순간 소매치기 청년들은 "쏘리!"를 외치며 냉큼 기차 밖으로 도망쳐버렸다.

두 번째는 〈꽃보다 할배〉 그리스 편 촬영하기 전, 사전 답사를 위해 아테네에 도착했을 때 일이다. 아테네 공항에서 시내로 가는 길, 마중 나온 현지 코디네이터와 함께 지하철로 이동하는 중이었다. 현지 코디네이터는 지하철 안에 소매치기가 많다며 내릴 때 캐리어와 가방을 잘 챙기라고 주의를 줬다.

"어? 내 핸드폰!"

목적지에 내리자마자 현지 코디네이터가 외쳤다.

"에이~ 거짓말하지 마세요!"

"진짜예요. 제가 털리다니! 그리스에서 20년이나 살았는데 처음 당했네요."

그날 지하철에서는 현지 코디네이터의 핸드폰과 선배 작가의 여권지갑이 없어졌다.

그리고 다음날, 야외 카페 테이블에 앉아서 남자 피디와 이야기를 나누고 있을 때였다.

"작가님, 지금 작가님 뒤에 4명의 무리가 있어요. 남자 한 명에 여자 셋. 왠지 소매치기 같아요."

"오~ 어떻게 알았어요? 우리가 표적인가요?"

"아마도요. 제가 쭉 지켜봤는데, 우리를 커플로 오해하고 장미꽃 파는 척하면서 작가님이나 제 가방을 노릴 것 같아요."

"오케이. 일단 피디님 가방 조심하시고 저도 가방에서 손 떼지 않을게요."

아니나 다를까, 곧바로 일행 중 여자 두 명이 장미꽃을 들고 우리에게 다가왔다. 남자 피디에게 장미꽃을 내밀더니 여자 친구에게 선물하라며 꼬드기는 게 아닌가. 우리는 깔깔깔 웃으며 한 손으로는 가방을 사수하고 반대 손으로는 나머지 일행이 있는 곳을 가리켰다. 당황한 소매치기들은 황급히 장미꽃을 가방에 집어넣으며 저 멀리 사라졌다.

"하하하하. 피디님이 예상했던 시나리오랑 똑같네요."

"저들도 놀랐겠죠? 레퍼토리 좀 바꾸지. 너무 뻔했다."

그렇게 우리는 눈치 백단의 내공으로 가방을 지켜냈다.

세 번째는 〈꽃보다 할배〉 스페인 편 촬영 당시 맥도널드에서였다. 담당 피디와 테이블에 마주 앉아 햄버거를 막 한입 베어 먹던 참이었다. 테이블 위에 올려놓은 핸드폰이 사라지려는 찰나, 곧바로 담당 피디가 누군가의 손목을 낚아챘다. 놀라서 올려다보니 어린 남자아이가 민망한 웃음을 지으며 슬그머니 핸드폰을 내려놓고 있었다.

　가만, 생각해보니 어느 나라에서건 내가 있으면 소매치기 표적이 되잖아!

　"엄마, 지금이야!"

　지하철 문이 열리고 승객들이 하차하는 사이, 나는 서둘러 엄마와 함께 옆 칸으로 뛰어올라 탔다. 옆을 바라보니 내 옆에 앉아 있던 남자아이는 주춤대며 우리가 원래 타려고 했던 칸에 승차했고 저 멀리 흑인 남자가 당황해하는 게 눈에 보였다.

　그럼 그렇지. 소매치기로 확실시되는 순간이다.

　"엄마. 쟤네 2인 1조 소매치기 맞아. 어떻게 알았어?"

　"빈 의자가 많은데 굳이 네 옆에 앉는 게 이상하잖아. 혹시 몰라서 계속 보고 있었지."

　역시, 그 엄마의 그 딸이다. 엄마의 촉은 무섭고 정확했다.

1유로의
행복

"엄마, 파리에 잘 도착핸. 오늘 정미가 파리 시내 구경시켜 준댄. 지금 몽마르트르 언덕."

엄마는 '사랑해 벽' 앞에서 파리에서 잘 지내고 있는지 궁금해하는 여동생과 영상통화 중이었다. 아베쓰역에서 하차 후 밖으로 올라오면 몽마르트르의 유명한 관광지 '사랑해 벽'을 만날 수 있다. 611개의 남색 타일 위에 250개 세계 각 국의 언어로 '사랑해'라는 단어가 가득 적혀있는 곳이다.

사랑해 벽에서 나와 사람들을 따라 올라가다 보면 사크레 쾨르 대성당으로 올라가는 케이블카 승강장이 보이지만 우리

"몰라, 엄마는 그냥 몽마르트르 언덕에
있는 성당으로 외우잰."

는 가볍게 패스. 사크레쾨르 대성당은 몽마르트르의 대표적인 건축물로 파리에서 가장 높은 몽마르트르 언덕 꼭대기에 지어졌다. 꼭대기까지는 제법 오르막길인데 5월의 청명한 파리 날씨가 우리를 성당 앞까지 걸어 올라가게 만들었다.

"엄마, 여기 성당 이름 기억나? 아까 오면서 알려줬잖아."

"노트르담의 꼽추에 나오는 성당은 아니지?"

"응. 노트르담 대성당은 오후에 갈 거야. 발음이 좀 어려운데 사크레쾨르 대성당."

"몰라, 엄마는 그냥 몽마르트르 언덕에 있는 성당으로 외우잰."

하긴, 이름을 정확하게 외운다고 무슨 의미가 있을까. 사크레쾨르 대성당이나 몽마르트르 대성당이나 그게 그거지.

엄마와 나는 대성당을 한 바퀴 둘러본 뒤, 예술가들의 골목에 자리 잡은 기념품 가게로 들어갔다. 쇼핑리스트는 내 스노우볼 장식장에 고이 모셔질 파리 스노우볼을 구입하는 것. 파리를 대표하는 스노우볼을 선택해야 하는 중요한 순간이다.

나 혼자 떠난 첫 여행지 프라하에서 시작된 스노우볼 구입은 이제 세계 어느 도시를 가든 반드시 사야 하는 나의 쇼핑품목 1순위가 되었다. 물론 죽어라 찾아다녀도 애초에 스노우볼 기념품을 만들지 않은 나라도 있었지만….

어느 나라에선가 문득 온종일 스노우볼을 찾아다니다가 내가 이 도시에 여행을 온 건지 스노우볼을 사러 온 건지 헷갈린 적이 있을 정도로 스노우볼은 내 여행과 떼려야 뗄 수 없는 관계가 되었다.

쇼핑을 할 때 첫 번째로 들어가는 가게에서 바로 구입을 하면 잠시 후 후회하는 일이 생긴다. 다음 가게에서 더 맘에 드는 디자인을 발견하거나 같은 물건인데 가격이 더 저렴해 배가 아플 수 있으니, 시간이 여유롭다면 몇 군데 들어가서 디자인과 가격을 비교해보길 추천한다.

드디어 세 번째로 들어간 가게에서 마음에 드는 스노우볼을 발견했다. 앞서 들른 가게에서는 7유로였는데 이곳에서는 2유로나 더 쌌다. 5유로면 세계 각국 스노우볼 가격 중에서도 저렴한 편이었다.

"이걸로 할래. 앞집들보다 여기가 더 싸."

"그게 마음에 들어?"

"응."

"그럼 그거 엄마 줘봐."

엄마는 스노우볼 밑면에 부착된 가격표를 다시 한 번 확인하더니, 주인에게 대뜸 말했다.

"익스큐즈 미. 디스카운트 플리즈. 파이브 유로 노. 포 유로 오케이?"

갑자기 엄마가 시장에서 물건을 사듯 손짓 발짓을 하며 흥정을 시도했다.

"하지마, 엄마. 5유로면 싼 거야. 이런 데는 정찰제라서 깎아 주지 않… 오케이?"

응? 당연히 안 된다고 할 줄 알았던 주인이 빙그레 웃으며 엄마를 향해 손가락으로 오케이를 하는 게 아닌가.

어깨가 으쓱해진 엄마는 프랑스 여행을 기념하고 싶다며 진열대에서 1유로짜리 에펠탑 하나를 집어왔다. 결국 5유로에 스노우볼 하나와 에펠탑 하나. 엄마의 흥정으로 에펠탑은 공짜로 얻은 셈이다.

"오~ 엄마, 제법인데? 이런 가게에서는 거의 깎아주지 않던데."

"재밌네. 외국인한테 깎아달라고 말해보고 싶언."

엄마의 입에서 뜻밖의 단어가 나왔다. 재밌다니.

엄마는 고작 1유로를 아끼기 위해 흥정을 한 게 아니었다. 몽마르트르 언덕에서 재밌는 경험을 단돈 1유로에 해낸 것이다. 갑자기 흥정을 시도하던 엄마가 대단하고 존경스러워 보였다.

어린 시절, 시장에서 비싸지 않은 물건들을 사면서 오백 원, 천 원 깎는 엄마가 창피한 적이 있었다. 주인과 판다 못 판다

실랑이를 하면서 왜 굳이 가격을 깎아야 할까 생각했다. 나는 흥정을 잘하지 못한다. 쭈뼛대고 눈치만 보다가 제값을 치르고 산 적이 대부분이었다.

여행 가서 기념품을 사거나 시장에서 물건을 살 때도 괜히 아쉬운 소리 하기 싫어서 흥정은 늘 여동생의 몫이었다.

'흥정은 재미다.'

엄마의 말을 곱씹어보니 흥정이 별거 아니라는 생각이 들었다. 무례하지 않는 선에서, 상대방도 흔쾌하게 응해줄 때 맛보는 흥정의 재미. 그건 온라인 쇼핑에는 없는 사람과 사람 간의 심리전과 인간미가 버무려진 장사의 향연일지도.

좋아. 나도 앞으로는 적극적으로 흥정을 시도해보겠어! 물론 지나친 흥정은 금물이다. 파리에 소매치기만 있는 게 아니었네. 엄마에게 1유로의 행복과 재미를 안겨준 몽마르트르 가게 주인에게 심심한 감사의 인사를 전해본다.

만약 아빠가
있었더라면

파리에 엄마를 데리고 여행 와야지라고 마음먹은 건 불과 얼마 전이었다. 내가 파리에 처음 온 건 〈꽃보다 할배〉 유럽 편 촬영 때였다. 그때는 엄마를 생각할 틈이 없었다. 단지 촬영장이 한국에서 프랑스로 바뀐 것뿐, 여행지는 내 일터였다.

여기가 프랑스 파리인지 경기도 파주인지 헷갈릴 만큼 허가받은 시간 내에 무사히 촬영을 끝마쳐야 하는 게 먼저였다. 눈앞에 에펠탑이고 뭐고 촬영이나 제발 빨리 끝나라 할 때였으니 엄마를 떠올릴 여유가 없었다.

그다음에 파리에 왔을 때도 일단 나부터였다. 혼자서, 그리고 그다음에 여동생과 파리를 여행한 다음에야 엄마 생각이 났다. 이런 불효막심한 딸 같으니!

엄마와 에펠탑 앞에 서 있으니 이번엔 아빠가 생각났다.

"만약 아빠가 있었더라면, 아빠는 어느 나라를 좋아했을까? 엄마, 어디가 좋았어?"

"스위스. 아마 아빠도 스위스라고 했을걸?"

"에펠탑 서운하게 지금 파리 에펠탑 앞에서 스위스가 좋았다니 너무한 거 아니야?"

엄마가 희미하게 웃었다.

"아빠가 있었으면 우리 지금처럼 여행 다닐 수 있었을까?"

"글쎄."

생각해보면 아빠도 여행을 좋아했다. 국내 여행이나 제주도 여행에서 찍은 사진이 많았으니까. 아빠에게 해외 여행은 딱 한 번, 회사에서 보내주는 부부동반 동남아 여행이 처음이자 마지막이었다. 가족여행으로 미국이나 갈까 했었는데 그해에 할머니가 돌아가셨고 다음해에 아빠가 돌아가셨다. 그랬다.

"아빠 같이 왔으면 좋아했겠지?"

"그럼. 아빠는 어쩌면 스위스에서 패러글라이딩도 했을지 몰라. 동남아 갔을 때 패러세일링도 한 양반이니까. 난 무서워서 못했지만."

"그럼 이번엔 내가 비싼 선글라스도 사줬을 텐데."

"선글라스?"

동남아 여행을 다녀온 후 아빠는 단체사진을 보며 다른 아저씨들은 전부 선글라스를 끼고 있는데 아빠만 미처 챙겨가지 못했다며 두고두고 아쉬워했었다. 나는 이제 아빠가 갖고 싶어 하는 비싼 선글라스를 사줄 수도 있고 조금 호화스러운 해외 여행도 보내줄 수 있는데, 제일 중요한 아빠가 없네.

"줘봐. 선글라스."

"엄마 지금 해 지고 있어."

"햇빛 때문에 쓰나, 멋 내려고 쓰지. 나도 난간에 올라가서 찍어볼래."

엄마는 에펠탑이 가장 잘 보이는 중앙에 자리를 잡았다.

"제법이네. 무섭지 않아?"

꽃보다 엄마 _ 4부

"이 정도쯤이야."

"대체 그런 포즈는 어디서 배운 거야?"

"송미 사진 보면 매일 이렇게 하던데?"

그러고 보니 하늘을 향해 한 팔을 올리고 브이를 하는 여동생의 시그니처 포즈와 비슷했다.

"엄마, 그럼 손가락으로 오케이 하는 포즈는 왜 그런 건데?"

"그건… 그건, 너희가 항상 사진 찍을 때 자꾸 다른 포즈 하라고 하니까 당황해서 나오는 거야."

"하하하하. 난 또~ 부처님인 줄 알았네."

자, 여기 보시고 찰칵!

엄마와 여행 오면 딸들은 엄마의 전담 사진사가 되어야 한다. 물론, 딸들은 에펠탑 앞에서 인생 샷을 기대하지 말 것.

포기하면 편하다.

"오! 엄마, 내가 찍었지만 진짜 잘 나왔다!"

"너무 젊은 애들 포즈 같지 않아?"

"그런 게 정해져 있나 뭐. 십 년은 어려 보이고 좋네."

그날 밤, 엄마의 카카오톡 프로필 사진이 바뀌었다.

바토무슈는
엄마도 춤추게 한다

"별거 없을 것 같은데, 이거 꼭 타야 돼?"

"응. 그거 송미가 티켓 예매해준 거라서 타야 돼. 환불도 안
돼."

엄마는 바토무슈 타는 걸 영 내키지 않아 했다.

'바토무슈'는 파리 센강의 유람선으로 '파리 같이 생긴 배'
라는 뜻이다. 파리의 센강에서 유람선 타자고 하면 좋아할 줄
알았는데, 싫다고 할 줄이야. 엄마의 예상치 못한 반응에 난감
했다.

여동생이 엄마와 함께 파리를 즐기라며 바토무슈 티켓을 보내왔다. 동생은 재작년 겨울, 파리 왔을 때 날씨가 추워 유람선 안에서만 풍경을 봐야 했다며 꽤나 아쉬워했다. 지금은 5월이니까 바토무슈를 타고 파리를 즐기기 딱 좋은 날씨였다.

"무슨 파리까지 와서 유람선이야. 관광객들이나 타는 거지."

엄마, 우리 지금 여기 여행온 한국인 관광객 맞아. 진짜 파리지앵으로 착각하는 건 아니지?

미지근한 반응인 엄마를 끌고 가다시피 해서 겨우 유람선에 탑승했다.

"엄마, 그래도 파리에 왔으니까 센강에서 유람선 한 번 타 봐야지. 야외에 앉아서 구경하자."

바토무슈 코스는 선착장을 출발해서 알렉산드로 3세교, 콩 코드 광장, 오르세 미술관, 루브르 박물관, 예술의 다리, 시테 섬, 퐁네프다리, 노트르담 대성당, 생루이섬, 파리 시청사, 에 펠탑, 사이요궁 순으로 이동한다. 1시간 10분 동안 편하게 의 자에 앉아 해설을 들으며 관람만 하면 된다. 코스마다 영어, 불어, 중국어, 일본어는 물론 한국어로 해설까지 해주니 내가 일일이 설명하지 않아도 될 것이다.

솔직히 말하자면 한 시간 동안은 편할 거라고 생각했다. 그 러나 그것은 나만의 착각이었다.

"저기 지붕이 황금으로 덮인 건물은 뭐야?"

"그건 방송에서 알려주지 않았는데…. 잠시만! 저건 파리 앵 발리드. 그러니까 앵발리드가 뭐냐면 군사 박물관, 교회 등이 모인 종합 전시장 같은 곳이래."

내가 인터넷으로 검색하는 사이, 엄마는 이미 지나온 건물에 대한 흥미는 떨어지고 새로운 풍경에 빠져 그새 질문이 바뀌었다.

"강가에 애들이 무사(왜) 이렇게 많이 나와 이서(있어)?"

"딱히 이유가 있어서라기보단 그냥 놀러 나온 거겠지 뭐. 우리가 서울 한강공원에 앉아 있는 이유와 똑같지 않을까?"

"저 다리는 뭐야?"

"우리 아까 낮에 다녀온 퐁네프 다리. 지금 한국어 방송으로 말해주고 있잖아."

"안 들려."

"난 들리는데 왜 그럴까. 이제 해가 저서 추워질 텐데 안으로 들어갈래?"

"아니, 그냥 야외에서 구경하잰."

엄마는 감기에 걸리면 안 됐다. 게다가 합병증이라도 생기면 큰일이었다. 수술한 지 일 년이 지났지만 아직은 엄마의 작은 기침에도 신경이 쓰이는 시기였다. 괜히 여행 왔다가 엄마가 아프기라도 한다면…. 생각만 해도 오싹해졌다. 혹시나 저녁 찬바람에 엄마가 기침이라도 할까 봐 나 혼자 전전긍긍했다.

"파리에 볼게 영(이렇게나) 많은데, 무사(왜) 안 말해줜?"

"뭘?"

"파리에 에펠탑밖에 없다고 해시멍(했으면서), 거짓말했네이. 엄마 데리고 다니랜(다니라고) 할까 봐 귀찮안?"

"난 파리 가자고 했을 때 별 리액션이 없어서 엄마 스타일이 아닌 줄 알았지."

"엄마는 로마보다 파리가 더 좋은게! 방금 지나온 건물도 웅장하고. 파리 안 데령 왔으면 엄마 서운할 뻔 해서."

뭐지. 내가 파리에 오기 전 엄마의 기대치를 한껏 낮춰놓았나 보다. 파리에 대해 구구절절 설명했어도 듣는 둥 마는 둥 내 마음대로 하라고 했을 거면서.

어디선가 들리는 음악에 맞춰 엄마가 발을 까닥까닥하며 리듬을 탔다.

"이 좋은 구경도 유람선 안 탔으면 못 볼 뻔 해신게. 파리 오길 잘해신게(잘했다)."

아까는 정색하며 유람선 안 탄다더니 바토무슈가 나를 살렸다.

파리에 어둠이 깔리고 도시는 금세 황금빛으로 물들어갔다. 여행의 마지막 도시 파리가 엄마 마음에 들었다니 다행이었다.

"나 저기 반짝이는 다리 앞에서 사진 찍잰(찍어줘)."

동생아 고맙다! 바토무슈 때문에 엄마는 파리를 사랑하게 되었어!

엄마,
아파서 미안해

다음날 아침, 정작 감기에 걸린 건 나였다. 어쩌 어젯밤부터 몸이 으슬으슬 춥더니…. 입술이 터지고 목소리가 안 나왔다. 어젯밤, 챙겨온 비상약 중 종합 감기약 두 알을 털어먹고 잤지만 효과가 없었다.

일단, 약을 사자! 남은 여행 일정을 소화하기 위해서는 약이 필요했다. 핸드폰으로 호텔과 제일 가까운 약국을 검색하기 시작했다. 몽쥬 약국 2호점. 호텔에서 3분 거리니까 여기로 결정!

엄마는 일찌감치 일어나서 내가 일어나면 조식을 먹으러 가기 위해 화장까지 다했건만, 눈곱도 떼지 않은 나는 엄마에게

호텔 앞 마트에 금방 다녀오겠다고 둘러댔다. 엄마가 따라나
선다고 할까 봐 조마조마했지만 엄마는 방에서 쉬고 있겠다
고 해서 안도하며 호텔을 나섰다.

　몽쥬 약국은 약뿐만이 아니라 뷰티 제품, 헤어바디 제품까
지 다양하게 판매하는 파리의 대표 약국형 상점이다. 파리에
서 쇼핑하게 된다면 무조건 들르는 곳으로, 우리나라 약국으
로 생각하면 안 된다. 다른 여행객들은 여기서 쇼핑리스트 체
크해가며 여러 가지 뷰티 제품을 산다. 하지만 불행히도 나의
쇼핑 목록은 오로지 목 감기약뿐.

　약국 내에는 화장품 계산대와 약을 사는 계산대가 따로 있
었다. 화장품은 직원에게 약은 약사에게 뭐 이런 건가. 약사와
독대하기 위해 줄을 섰다. 영어도 못하는데 프랑스어라고 잘
할까. 인후염인 내 증상을 제대로 설명할 수 있을지 걱정되어
가슴이 쿵쾅거리기 시작했다. 긴장해서 열이 더 오른 건 기분
탓이겠지? 젠장, 기차를 놓쳤을 때가 생각났다.

　드디어 내 차례, 나는 곧바로 약사에게 다짜고짜 내 핸드폰

을 쥐어줬다. 차례를 기다리며 생각해보니 띄엄띄엄 영어로 증상을 설명하는 것보다 프랑스어로 번역한 핸드폰 애플리케이션을 보여주는 게 나을 것 같았다.

그런데 웬걸, 약사가 고개를 갸우뚱했다. 혹시나 의사소통이 안 될 것을 대비해서 미리 검색해둔 약 사진을 보여주니 이번엔 양팔로 엑스 자를 그렸다.

'아 이 약이 없다는 뜻인가? 아님 번역기가 틀렸나? 뭐라고 하는 거지?'

재빨리 최대한 아픈 표정을 지으며 머리, 목을 짚고 나서 기침을 두 번 했더니 유레카! 뭔가 눈치챈 표정이었다. 약사는 두 개의 약을 꺼내왔다.

'엥? 내가 보여준 약이랑 좀 다른데…?'

이번엔 반대로 약사가 나에게 천천히 보디랭귀지를 시작했다. 목 한번 짚고 나서 첫 번째 약을 주더니 또다시 기침 두 번 하고 두 번째 약을 주었다.

아, 첫 번째는 목 감기약이고 두 번째는 기침약이구나! 자세히 보니 두 번째 약은 내가 보여준 사진의 약과 이름은 같은데 색깔이 달랐다.

약사는 친절하게 약상자 위에 아침 점심 저녁 한 번씩 먹으라며 볼펜으로 적어주기까지 했다. 5살 어린이도 이것만 보면 그대로 따라 먹을 수 있겠네.

여행이 끝나갈수록 엄마 약봉지는 점점 줄어드는데, 딸의 약봉지는 점점 늘어간다. 그래서 프랑스어로 목감기약이 뭐더라. 앞으로 여행용 비상약품에는 목감기약 너도 추가다.

호텔 방으로 돌아오자마자 엄마가 내 얼굴부터 살폈다. 역시 엄마들은 눈치 백단이다. 난 분명 아프다고 말한 적이 없는데 침대 머리맡에는 물수건까지 스탠바이 되어 있었다.

"약은 사완?"

"귀신이구만. 나 열나는 게 아니라 목만 좀 아파."

"오늘 아침은 조식 먹으러 가지 말고 컵밥이나 먹게."

엄마는 내려가기 귀찮다며 캐리어에서 아껴둔 컵밥까지 꺼내뒀다. 거짓말. 빵이 맛있다며 매일 아침 호텔 조식 시간을 기다렸으면서. 컵밥은 내가 고른 강된장과 엄마의 사골곰탕이 남아있었다.

갑자기 엄마가 강된장이 먹고 싶단다. 이것도 거짓말.

감기 걸린 딸이 사골곰탕에 밥을 말아 따뜻한 국물을 먹었으면 하는 엄마의 마음을 모른 척할 수 없어서 순순히 알겠노라고 대답했다.

"엄마, 나 약 먹고 한숨 자면 괜찮을 거야. 걱정하지 마."
"걱정 안 하맨. 우리 딸 튼튼한디 무사(왜) 걱정하느냐."
"근데 엄마, 가까이 오지 마. 감기 옮으면 안 되니까."
내가 엄마의 보호자로 왔는데 졸지에 환자가 됐다. 여행 막바지에 다다르니 긴장이 풀리면서 컨디션이 떨어졌다. 3일만 더 버텨주지. 여행에서 체력만큼 중요한 게 또 있을까. 시간도 돈도 있는데 체력이 안 따라주면 여행은 더 이상 지속될 수 없다.

여행 오면 하루하루가 소중한데 아프면 아까운 하루가 날아간다. 아쉽지만 오늘은 나를 위해 잠시 쉬어가기로 했다.

엄마, 아파서 미안해.

벨기에의
패셔니스타

　어떤 긴 여행이라도 끝은 있는 법. 아무리 피하고 싶어도 여행의 마지막 날은 찾아오기 마련이다. 그렇다면 최선을 다해 멋진 피날레를 만들어야 하지 않을까. 우리는 이번 여행의 마지막을 장식하기 위해 프랑스 근교에 있는 벨기에를 다녀오기로 했다. 물론 소규모 당일 투어로 신청 완료. 역시 나는 여행 마지막 날까지 게으른 가이드다.

　"엄마, 오늘은 벨기에 갈 거야."

　"다른 나라 가는 건데 하루 만에 가능해?"

　"그럼. 이탈리아에서 스위스, 스위스에서 프랑스 넘어올 때도 그랬잖아."

"완전 부산이나 강원도 가는 기분이네이. 근데 너 티셔츠 검 (그렇게) 입고 갈거?"

"뭐 어때? 다른 사람들은 이거 잠옷인 줄 모를걸. 엄마는 주황색 티 입어! 사진 찍을 때 밝은색 입어야 잘 나오지."

이번 여행을 위해 내가 챙겨온 옷은 단출했다. 아침까지 잠옷으로 입었던 맨투맨 티는 외출복으로 입어도 그만이다. 나와는 반대로 엄마는 여행 오기 전, 이미 한바탕 패션쇼를 하고 온 터였다.

어느 날 집에서 사진첩을 보다가 깨달은 사실이 있었다. 앨범을 넘길 때마다 유독 눈에 띄는 엄마의 티셔츠. 몇 년의 시차를 두고 각기 다른 곳에서 찍은 사진이건만 사진 속 엄마의 옷은 늘 똑같았다.

'내가 엄마한테 제대로 된 옷 한 벌 사드린 적이 있던가'라는 반성을 해도 모자랄 판에 앨범을 덮으며 이 옷 당장 갖다 버리라는 말부터 나왔다. 아무래도 효녀 되기는 글렀다. 속죄하는 차원에서 여행 오기 전 쇼핑을 왕창했고 나라별 도시별 날씨에 따라 엄마가 입을 옷을 코디하다 보니 캐리어에는 삼다수와 엄마의 2주치 옷으로 가득 찼다.

　덕분에 내 옷은 최소한으로 줄여야 했지만. 이것이 잠옷이 외출복이 될 만큼 내 옷이 단출할 수밖에 없는 이유다.

　벨기에 투어를 함께할 팀은 신혼부부 두 팀과 우리 모녀였다. 벨기에 당일 투어는 브루게와 브뤼셀을 둘러보는 일정으로 짜여있다. 서비스 차원으로 여행지에서 스냅사진 촬영까지 포함된 상품이었다.

　파리에서 중세시대 동화마을 브루게까지는 차로 4시간. 브루게에 도착하자마자 핫도그 가게에서 점심을 먹으며 쉬고 있을 때였다. 갑자기 엄마가 내 어깨를 툭툭 치면서 속삭였다.

　"봔? 저 아가씨, 사진 찍잰(찍으려고) 옷 갈아입고 와신가."

　신혼부부 중 한 커플이 출발할 때와는 다르게 어디선가 옷을 갈아입고 나타났다.

　"어쩐지, 아까 차에서 내릴 때 캐리어 가지고 내리더니. 식당 화장실에서 갈아입었나보다."

　스타일도 범상치 않았다(사실 좀 꼴불견이었다). 너무 빤히 쳐다봤는지 아침에 신혼부부라며 자신들을 소개했던 아내가

입을 열었다. 자기는 쇼핑몰 사장이자 모델이고 남편은 포토
그래퍼라고 했다. 본인들은 신경 쓰지 말라며 쇼핑몰 사진을
찍기 위해 투어를 신청한 것이라 덧붙였다. 여행이 목적이 아
니라 여행지에서 그럴싸하게 옷 사진을 찍는 게 목적인 부부
였다. 그녀는 마뜩잖아하는 내 표정이라도 읽었는지 명함을
건네며 말했다.

"제 옷이 좀 아방가르드 하죠? 여기 쇼핑몰 주소. 벨기에 투
어라고 메모 남겨주시면 따로 사은품 챙겨드릴게요."

그녀는 내가 주문하지 않을 것임을 알면서도 끝까지 미소를
잃지 않았다.

"너도 여행 왔는데 예쁘게 입고 오지."

엄마가 가이드를 따라 밖으로 나가면서 말했다.

예쁘게 입는 기준은 뭘까?

하이힐에 치마를 입고 옷매무새를 신경 쓰던 시절이 나에게
도 있었다.

하지만 편한 운동화를 신지 않은 날에는 밤마다 발바닥에
파스를 붙이고 자야 했고 추운 겨울에는 멋 내려고 코트 입고

돌아다니다 감기에 시달린 적도 있었다. 한 장의 SNS용 사진이나 카카오톡 프로필을 위해 감수해야 할 것이 너무나도 많았다. 그래서 내가 내린 결론은 '편한 게 최고'다. 더구나 기차를 놓쳤을 때 뛰어야 하고 유럽 돌바닥에서 캐리어를 끌어야 하며 챙겨야 할 엄마도 있으니까! 그래도 예쁜 옷을 입어야 사진이 잘 나오지 않느냐고? 정신 차리자. 내 사진은 없을 것이다.

브루게의 패셔니스타 부부는 쇼핑몰 사진을 찍고, 잠옷을 입고 온 나는 패셔니스타를 꿈꾸는 엄마의 사진을 찍으며 다음 장소로 이동했다.

벨기에의 수도이자 유럽연합의 수도인 브뤼셀. 브뤼셀의 그랑플라스 광장은 빅토르 위고가 '세상에서 제일 아름다운 광장'이라고 극찬한 곳이다. 생각해보면 유럽 도시에 있는 웬만한 광장을 검색할 때마다 죄다 유명한 사람들이 제일 아름답다고 극찬했다고 하니 누구 말을 믿어야 할지 이거야 원.

"엄마, 세계에 3대 허무 관광지가 있다? 터키의 트로이목마랑 덴마크의 인어공주 동상이 있고 지금 가는 곳이 1위야. 오줌싸개 동상."

일단 오줌싸개 동상 앞에 도착하기 전, 엄마의 기대치를 낮

췄놓는 게 급선무였다. 명성은 자자한데 막상 가보면 허무함이 느껴지는 곳이라 엄마가 실망할지도 모른다. 아이러니하게도 우리는 세계에서 가장 허무한 관광지 1위를 보러 파리에서 4시간을 달려 왔다.

"엄마 저기 위에 보여? 오줌싸개 동상?"

"애개~ 진짜 볼품없다. 정말 이 작은 거 하나 보려고 사람들이 벨기에 온다고? 너무했다."

1위답게 엄마의 입에서 '애개'라는 단어가 나왔다.

"브뤼셀에서 제일 유명한 관광지, 오줌싸개 동상! 봤지? 이제 와플이나 먹으러 가자."

'꿩 대신 닭'이라고 나는 오줌싸개 동상을 벨기에 와플로 보상받고 싶었다.

역시, 닭이 맛있지. 만족스러운 와플을 먹으며 엄마에게 물었다.

"엄마, 만약 내가 다음에 또 벨기에 오자고 하면 올 거야?"

"아니."

거짓말은 못하는 엄마가 달콤 바삭한 와플 한 조각 먹으며 명언을 남겼다.

"차라리 가게 앞에 와플 들고 있는 가짜 오줌싸개 동상이 더 낫다!"

결국 예상대로 오줌싸개 동상은 엄마의 여행에서 가장 허무한 관광지로 기억될 것이다.

아무렴 어때. 와플이 있는걸. 그래, 브뤼셀은 와플의 도시였어!

꽃보다 엄마 _ 4부 ▷ 293

내 최고의 여행 메이트는
엄마였어

한국으로 돌아오는 비행기에서 엄마에게 물었다.

"엄마, 여행 어땠?"

"너무 좋안. 힘들었어도 내가 언제 이런 여행 하크냐."

나도 엄마랑 여행 와서 더할 나위 없이 좋았다고 말하려다가 입을 다물었다. 말하지 않아도 엄마는 이미 알고 있을 테니까.

이탈리아에서 시작한 엄마의 뒤늦은 환갑 여행은 스위스를 거쳐 프랑스에서 끝이 났다. 이번엔 프로그램 촬영을 위한 일이 아니었다. 〈꽃보다 할배〉도, 〈꽃보다 누나〉도, 〈꽃보다 청춘〉도 아닌 〈꽃보다 엄마〉와의 여행이었다. 2주 동안 엄마와 좋으나 싫으나 붙어다니며 엄마를 좀 더 알아가는 시간이었다.

'아, 엄마에게도 아직 소녀 감성이 남아있었구나. 엄마는 외국에 나오면 한식보다 빵을 더 좋아하는구나. 내가 머뭇거리는 상황에서도 엄마는 훨씬 용감하구나.'

솔직히 말해 연예인을 케어하는 것보다 힘들었고 촬영 스케줄보다 빡셌지만 엄마와 여행할 수 있어서 참 다행이었다. 아침에 늦잠을 자도, 여행지 정보가 틀려도, 기차를 놓쳐도 괜찮다 말해주는 엄마가 곁에 있어줘서 해낼 수 있었다. 엄마를 위해 떠난 여행인데도 여행하는 내내 엄마가 온전히 나에게 맞춰줬다는 걸 나는 안다. 동생, 친구, 직장동료 등 많은 사람들과 여행을 했지만 내 최고의 여행 메이트는 누가 뭐래도 엄마였다. 가끔 다투기도 하지만 서로 눈치 보지 않아도 되는 최고의 관계. 엄마, 나랑 여행 같이 가줘서 고마워!

내가 그동안 해왔던 여행은 보고 걷는 여행이었다. '식비 아껴서 한 군데라도 더 보자' 주의랄까. 언제 또 올지 모르는데 비행기값이라도 뽕 뽑아야 직성이 풀리는 여행자였다. 가진 건 튼튼한 두 다리밖에 없는 내가 여행 가서 할 수 있는 것은 매일 바쁘게 돌아다니는 것. 늘 나의 여행 일정표는 빼곡했고 식비와 잠자리 비용은 줄이되 아낀 돈은 뮤지컬을 보거나 패러글라이딩을 해보는 등 경험을 위한 비용으로 지출했었다.

엄마도 굳이 따지자면 먹고 쉬는 휴양보다는 부지런한 관광파였다.

우선, 체력적으로도 잘 맞았다. 엄마는 하루에 2만보를 걸을 수 있는 무릎을 가지고 있었고 어쩔 땐 나보다도 걸음이 빨랐으니 합격이었다.

환갑 여행이라는 명목을 달았기 때문에 남들은 여행비용도 내가 오롯이 부담한 줄 알지만 따지고 보면 여행경비의 60%는 엄마가 부담했다. 비행기 티켓 예매한 다음날, 몰래 내 통장에 여행 예상 비용보다 훨씬 많은 금액을 입금해주는 엄마 덕분에 오히려 내가 돈 걱정 하지 않고 편하게 여행할 수 있었다. 그러니 더욱 최고의 여행 메이트가 될 수밖에.

가게에서 물건을 살 때면 한국 환율로 빠르게 계산해주는 엄마가 있어서 편했고, 길을 찾거나 이동할 때면 매의 눈으로 가방을 지켜주는 엄마가 있어 든든했으며, 내가 짜증을 내거나 화를 낼 때면 늘 참아주는 엄마가 있어 안심이었다. 내 옆에는 도시가 바뀔 때마다 초롱초롱 눈이 빛나던 엄마가 있었고, 새로운 경험에 도전하는 엄마가 있었으며, 길을 헤맬 때도 묵묵히 기다려주는 엄마가 있었다.

여행 계획부터 길을 찾고 통역을 하고 사진을 찍고 돈 관리까지 나 혼자 다 했다고 생각했는데 아니었다. 엄마가 없었으면 애당초 불가능한 일이었다. 2주 동안 엄마는 힘든 내색 하나 없이 잘 따라와주었고 무엇보다 내가 계획한 여행을 적극적으로 즐겨줬으니 이보다 잘 맞는 여행 메이트가 또 있을까.

여행 다녀온 뒤, 엄마가 홈쇼핑을 보다가 전화를 했다.

"지금 홈쇼핑 밤신디 우리 다녀온 이탈리아 나오맨. 보니까 저기 어디네 하고 다 생각난."

"다 가봤으니까 이젠 여행 안 가도 되겠네."

"아니. 나 여행 또 갈 건데?"

"누구랑?"

"우리 딸이랑."

"그럼 엄마 그동안 갔던 여행지 중에 1등은 어디야?"

"영 고르민(이런 말하면) 너 실망하겠지만, 난 송미랑 갔다

온 중국 상해가 1등! 거긴 완전 무릉도원이던데?"

아니 세상에! 갑자기 상해가 거기서 왜 나와? 생고생하며 유럽 데리고 다녔건만, 다 소용없네. 그럼 다음엔 송미랑만 여행가든가! 김정미 여행사는 문닫을 테니까!

내 최고의 여행 메이트여! 안녕, 바이, 사요나라, 짜이찌엔.

꽃보다 엄마 _ 4부

여행가서 엄마와 싸우지 않고 행복하게 돌아오려면 이것만 기억하세요.

먼저, 엄마를 내가 다니는 직장의 상사처럼 생각하는 게 좋습니다. 계약을 성사시켜야 하는 거래처 직원이라고 생각하는 것도 좋겠죠? 단 한 번도 자식에게 '갑'이 되어본 적 없는 엄마를 딱 한 번만 '갑'으로 모셔보는 거예요. 살면서 허구한 날 '을'로 살던 자식들이 유일하게 엄마한테만은 '갑'행세를 하잖아요. 그러니 엄마는 누구에게도 '갑'인 적이 없었을지도 몰라요.

방송작가들은 출연자에게, 흔히 우리가 엄마에게 하는 것처럼 인상을 쓰거나 짜증을 내진 않습니다. 예의를 갖추죠. 그런데 왜 우린 가장 소중한 엄마에게만큼은 예의를 상실하는 걸까요?

"내가 엄마한테까지 예의를 차려야 돼? 엄마한테 마음대로 못하면 누구한테 해?"

큰 소리로 울먹이며 투정부리잖아요. 그럼 엄마는 누구한테 응석을 부릴까요? 엄마도 가끔은 기댈 곳이 필요한데 말이죠.

직장 상사 또는 거래처 직원과 함께 여행을 간다고 가정해봅시다. 내가 가고 싶은 대로, 내가 하고 싶은 대로, 내가 먹고 싶은 대로 내 맘대로 정할 수 있겠어요? 어림없죠.

'우리 엄마는 아무데서나 잘 자, 아무거나 잘 먹어, 아무거나 다 좋아해'라는 속 편한 소리는 넣어두시고 숙소 선정부터 먹게 될 음식, 교통수단, 이동 거리까지 내 기준이 아니라 엄마의 기준에서 생각해주세요.

잊지 마세요. 엄마는 직장 상사 또는 거래처 직원이라는 것을.

우리는 일정에 약간의 여유를 가질 필요가 있습니다. 엄마는 예전만큼 빠르지 않습니다. 엄마의 건강과 컨디션을 신경 쓰면서 조금 늦더라도 속도를 맞춰주세요.

아, 식사는 엄마가 선택할 수 있도록 두 가지 이상의 후보 메뉴를 준비해두는 것이 좋습니다. 그 나라 음식을 맛보는 것도 중요하지만, 그 나라에서 엄마가 잘 드시는 것도 매우 중요합니다.

'이탈리아에서는 피자가 유명해. 피자 먹을까 아니면 한식당으로 갈까?'

엄마는 딸이 생각하는 것보다 그 나라 음식이 잘 맞을 수도 있고 어느 날은 갑자기 한식을 찾을 수도 있습니다. 뭐든 잘 먹어야 여행도 편하게 즐길 수 있겠죠?

여행지에 도착해서부터 우리 엄마는 엄마가 아니라 소녀가 됩니다. 사진을 많이 찍어주세요. '필요 없다, 아까 찍었는데 왜 또 찍냐'하면서도 잘 나온 사진을 보여드리면 엄청 좋아하실 거예요. 장시간 이동할 때 그동안 찍은 사진을 보여드리면 시간 보내는 용도로도 좋습니다. 그리고 엄마의 패션 아이템에 신경 써주세요. 평소에는 잘 착용하지 않더라도 여행지에서는 패션에 신경 쓰는 엄마의 모습을 볼 수 있게 됩니다. 모자, 스카프, 선글라스, 신발 등 포인트만 있어도 엄마의 표정에 자신감이 넘칠 거예요.

엄마와 여행할 때 준비물, 이렇게 챙기세요.

저는 엄마에게 따로 가방을 들지 못하게 했습니다. 내 어깨는 아파도 엄마는 아프지 않길 바라는 마음이랄까요? 또한 소매치기로부터 내 가방과 엄마의 가방을 둘 다 지키기 어렵다는 생각에 과감히 짐을 줄였습니다. 이불 밖은 위험하고 엄마가 좋아하는 유럽은 아름답지만 생각보다 소매치기가 많습니다.

찾으면 다 나오는 도라에몽 가방 같은 제 크로스백 안의 물건들을 소개해드릴게요.

여권이 가장 중요하겠죠. 의심이 많아 호텔 금고는 믿지 않는 편입니다. 잃어버려도 내가 잃어버리는 게 낫다고 생각해서 저는 직접 챙겨서 다녔습니다.

가급적 동전지갑을 사용하는 게 좋습니다. 큰 지갑이나 환전 봉투 통째로 가지고 다니는 것은 위험할 수 있으니 조심하세요. 매일매일 그날 지출할 예상 금액과 추가로 비상금 100

유로나 100달러(약 10만 원 정도)짜리 지폐 한 장, 그리고 신용카드를 챙기면 지갑의 부피부터 줄어들게 됩니다.

그다음에 립스틱! 별도의 화장품 파우치는 넣지 않았습니다. 립스틱은 밥 먹고 난 후 엄마에게 꺼내주면 되는데요. 내 립스틱은 안 챙겨도 엄마 것은 챙기는 게 좋습니다. 그럼 딸은 창백해 보일지라도 엄마는 종일 생기 넘치는 얼굴이 됩니다.

그럼에도 나를 위한 기름종이 석 장씩은 챙겼는데요, 파우더조차 무거워서 뺐는데 아침 점심 저녁용으로 한 장씩 사용하면 거지꼴은 면하게 됩니다.

그리고 여기에 셀카봉을 집어넣습니다. 다른 사람들에게 찍어달라고 부탁하는 것도 한두 번이지 마음에 들지 않거든요. 엄마와 함께 사진을 찍기 위해 필요하지만, 내 사진을 위해서도 셀카봉은 필요합니다.

엄마와의 여행에서 인생샷을 남기는 저만의 방법이 있는데요. 나는 엄마를 잡지 모델처럼 찍어줬는데 엄마는 내 사진을 엉망으로 찍어서 화났던 적 다들 있으시죠?

에펠탑에서 탑을 자르고 찍는다든지, 누가 주인공인지 모르게 찍는다든지 하는 당황스러운 결과물에 짜증나는 순간이 종종 찾아옵니다. 이럴 땐 셀카봉에 핸드폰을 끼워서 구도를 잡은 후 엄마에게 버튼만 누르라고 하면 돼요. 그다음 내가 잡아놓은 위치에 서 있으면 오케이! 그냥 찍는 것보다 훨씬 안정적인 결과물을 얻을 수 있습니다. 마지막 날쯤에는 엄마의 사진 찍는 능력에 놀라게 될걸요?

그리고 비상약! 일회용 밴드 2장과 두통약 1알, 소화제 2알을 챙겨두면 급할 때 안심이 됩니다. 해외 식당에는 물티슈가 구비된 곳이 많지 않으니 작은 물티슈까지 챙겨둔다면 더 좋겠죠?

이중에서 사용한 물건이 있을 경우, 그날 저녁에 다시 채워 넣기만 하면 됩니다.

아! 가장 중요한 이쑤시개가 빠졌네요. 이건 정말 필수품입니다. 〈꽃보다 할배〉 촬영 때도 챙겨갔더니 선생님들께서 너무 좋아하시며 칭찬하셨던 물건이기도 합니다. 여러분의 어머니도 분명 식사를 마치고 자동으로 이쑤시개를 찾으실 겁니다. 자, 이제 준비물까지 다 챙겼으니 출발해볼까요?

여행가서 딸과 싸우지 않고 행복하게 돌아오려면 이것만 기억하세요.

정말 딱 한 가지, 정확한 의사표현이 아주 중요합니다.

딸이 힘들게 준비한 여행인데 괜히 말하면 서운해할까 봐 참을 수밖에 없는 엄마의 마음은 이해합니다. 한군데라도 더 보여주려고 딸이 밤늦게까지 일정을 강행하려고 할 때는 과감히 쉬고 싶다고 하셔도 됩니다. 피곤한 마음을 숨기고 따라가도 결국 표정에서 티가 나겠죠? 그러면 딸은 이럴 거면 왜 따라 왔냐고 짜증을 내게 됩니다. 결국에는 둘 다 서운한 마음이 들게 되죠.

모두가 행복한 여행이 되려면 한쪽이 참으며 끌려다니는 여행이 아니라 함께하는 여행이어야 합니다.

'이게 더 좋아', '한식 먹고 싶어', '피곤하니까 쉬고 싶어' 등 적극적으로 의견을 말씀해주세요.

엄마에게 물었는데 여행까지 와서 '아무거나'라고 대답하면 딸은 화가 치밀어오릅니다. 아무리 딸이라도 엄마가 무슨 생각을 하고 있는지 모를 때가 많거든요.

원하는 것, 하기 싫은 것, 먹어보고 싶은 것, 가고 싶은 곳 등 오히려 엄마가 말해주면 딸은 결정하기가 훨씬 쉬워진답니다.

여행을 하다 보면 엄마 품 밖에 모르던 딸이 어느새 성장한 모습을 느낄 수 있을 거예요. 외국인과 영어로 대화도 좀 하는 것 같고 처음 오는 곳인데도 길도 잘 찾는 것 같고 그동안 키운 보람을 느낄 수 있는 순간이 찾아옵니다. 가끔 딸이 계획대로 잘 안 돼서 힘들어하고 혹여 짜증내는 상황이 생긴다면 믿고 응원해주세요. 딸은 엄마만 옆에 있으면 뭐든 할 수 있거든요.

자 그럼, 딸과 함께 여행을 즐길 준비되셨나요?

여행이 끝나면 우리는 한 뼘 더 가까워져 있을 거예요.

엄마, 잘했어!

여행에서 만난 사람들은 하나같이 부러움 섞인 말씀을 많이 해주셨다.

"엄마랑 딸이랑 여행하는 모습 보기 좋네요."

"우리는 아들만 있어서 너무 부러워요."

"다음에 저도 아이들 크면 같이 여행 오고 싶어요."

시간이 없어서, 영어를 못해서, 여행자금이 부족해서, 가족 여행은 처음이라, 엄마가 힘들까 봐···. 그동안 나도 핑계는 많았다. 그런데 지금이 아니면 뒤늦게 후회해도 소용이 없다는 걸 알았다.

유럽 여행을 다녀와서 엄마는 점점 달라졌다.

엄마는 가족여행으로 떠난 일본 오사카에서도 두려움이 없었다. 유니버셜 스튜디오의 무서운 놀이기구 앞에서도 이렇게 말했으니까.

"나도 타보잰."

"엄마, 이거 엄청 날아다니고 훅 떨어지는 거야. 무서워서 안 돼."

"그래. 이건 엄마 못 타. 장기가 밑으로 쏠리는 느낌이 들 거라고."

"너네도 타잖아! 내가 언제 이런 거 타보겠냐."

그렇다. 우리는 타면서 왜 엄마 의견은 묻지도 않고 못 탄다고만 생각했을까. 어쩌면 그동안 자식들은 걱정이라는 핑계로 엄마가 하고 싶어 하는 것들 앞에서 무조건 안 된다고만 하진 않았을까.

아들딸들이 걱정하는 사이 우리 순서가 다가왔고 엄마의 허리에도 안전장치가 채워졌다.

"엄마, 지금이라도 못 타겠다고 할까? 내릴래?"

"뒤에 기다리는 사람 많은디 어떵(어떻게) 겅하나(그래). 죽진 않을거라이."

"엇? 움직인다!"

그렇게 우리 네 식구는 놀이기구에 대롱대롱 매달려 어둠 속으로 사라졌다.

해리포터처럼 빗자루를 타고 하늘로 올라갔다가 순식간에 다시 호그와트성 주변을 날아다니는, 마치 마법사가 된 기분을 느낄 수 있는 놀이기구였다.

바이킹 탔을 때 훅 내려가는 느낌과 비슷해서 나 역시 움찔하는 순간이 있었다. 그런데도 엄마는 비명 한 번 지르지 않았다.

다시 출발지점으로 돌아왔을 때, 우리는 전투라도 치르고 온 듯한 모습으로 엄마를 바라봤다. 엄마는 얼얼한 표정으로 허공을 바라보고 있었다.

"엄마, 끝났어. 무서웠지? 어땠어?"

"어휴, 두 번은 못 타크라. 마음속으로 주기도문만 달달 외우고 있언."

"그러게 왜 탔어."

"이게 제일 인기 있는 놀이기구라매. 어떤 건지 나도 타보고 싶언."

생각해보니 엄마는 태어나서 한번도 이런 놀이기구를 타본 적이 없었다. 엄마는 아직도 못해본 게 많았다.

앞으로 엄마가 하고 싶은 것은 해보고, 먹고 싶은 음식은 먹어보고, 가보고 싶은 곳에는 가봤으면 좋겠다.

그래. 엄마, 잘했어! 도전하는 자세 아주 나이스!

그 후로도 엄마는 여행을 즐기기 시작했다. 그럴수록 엄마의 자랑거리는 하나씩 더 늘어갔다.

"정미엄마는 좋으크라. 자식들이 여행도 데려가고이. 이번엔 범수랑 갔다완?"

"게매마씸(그러게요). 범수가 여행 같이 가자고 해부난 북경 갔다 오고예. 아이들이 휴가철만 되민 같이가켄(같이가자고) 하난(해서) 군소리 없이 고치(같이) 가기만 햄수다."

대화를 듣다 보니 너무 웃겼다. 군소리 없기는 무슨. 어디 가는지, 교통은 어떤지, 날씨는 어떤지, 예약은 잘했는지, 가서 먹게 되는 음식까지 다 확인하면서.

내 여행방식도 바뀌었다. 아침부터 밤까지 일정표대로 움직여야 한다는 강박에서 조금은 벗어났다. 여유가 생겼다고 할까? 일정표대로 하지 않아도 내 옆엔 용감하고 든든한 엄마가 있으니까 두려울 게 없었다. 나 역시 진짜 자유여행을 즐기고 있었다.

오늘도 나는 엄마와 다음 여행을 떠나기 위해 '김정미 여행사'를 오픈했다.

"엄마. 나랑 한 달 살기 해볼래?"

"그게 뭔데?"

"어느 나라를 정해서 한 도시에서 한 달을 살아보는 거야. 여행지마다 이동하는 게 아니고. 제주도에도 집 빌려서 한 달 살기 하려고 오는 사람들 많잖아. 그런 거야."

"한 군데만 이시민 구경할 것도 없고 재미어실(재미없을) 거 닮아(같아)."

"근교 여행은 다녀올 수 있지. 스위스도 안 가본데 많잖아. 구경 갔다 오면 되지."

"그런 거면 좀 생각해보고."

"나는 그 나라에서 살아보고 싶어. 스치듯 구경하는 거 말고. 마트 가서 장보고 와서 밥도 해먹고 동네 산책도 하고. 하루는 느긋하게 집에서만 쉬면서 책도 읽고."

"너 가서 밥하고 빨래 할 사람 없으니까 엄마한테 같이 가자고 하는 거지?"

"아 들켰네. 히히"

"그래. 가보자!"

여전히 김정미 여행사의 VIP 고객은 까다롭지만 절대 안 간다고 말하는 법이 없다.

벌써부터 엄마와의 다음 여행이 기대되기 시작했다.

내가 '여행 가자. 준비해!'라고 하면 '그래. 알겠어!'라고 대답하는 친구가 있다는 건 굉장한 행운이다. 게다가 남도 아니고 엄만데.

엄마는 지금이 제일 젊다. 엄마가 내 옆에 있을 때 함께하고 싶은 게 참 많다.

🌷 엄마의 편지 2 _ 여행 다녀온 후에

기대 반 설렘 반으로 꿈에 부풀어 시작한

유럽 여행의 끝자락에서 회상해본다.

내 또래들이 해외 여행을 가면 대부분 여행사를 통해

패키지여행으로 편하게 다녀오는데

나는 촬영과 여행 경험이 많은 딸 덕분에 자유여행으로

다녀오게 된 것이다.

각 나라마다 의사소통은 잘 할 수 있을까?

음식은 입에 맞을까?

체력은 괜찮을까?

걱정이 앞섰지만 일단 딸만 믿고 따라갔는데 다녀와 보니

괜한 걱정을 했다는 생각이 든다.

딸! 너무너무 고마워.

키우면서 잘해준 것도 없는 엄마를 이렇게 호강시켜주고

행복하게 해줘서

엄마는 지금 구름 위를 걷는 기분이야.

행여 엄마가 불편할까 아플까

노심초사하면서 챙겨준 덕분에

엄마는 아무 불편 없이 눈 호강하고 입 호강하면서

즐겁고 행복한 여행을 즐겼단다.

다시 또 기회가 된다면

스위스는 한 번 더 가고 싶은 욕심과

산티아고 순례길도

가보고 싶은 마음이 간절하네.

기회가 된다면 다음에

또 나랑 여행 같이 가주렴, 알겠지?

꽃보다 엄마

2021년 3월 29일 초판 1쇄 펴냄

지은이 김정미
발행인 김산환
책임편집 윤소영
디자인 제이
펴낸 곳 꿈의지도
인쇄 다라니
출력 태산아이
종이 월드페이퍼

주소 경기도 파주시 경의로 1100, 604호
전화 070-7535-9416
팩스 031-947-1530
홈페이지 www.dreammap.co.kr
출판등록 2009년 10월 12일 제82호

ISBN 979-11-89469-97-9-03810